名家公开课美绘版

泰戈尔诗选

〔印〕泰戈尔 著

郑振铎 译

中国致公出版社

图书在版编目（CIP）数据

泰戈尔诗选：名家公开课美绘版 /（印）泰戈尔著；郑振铎译. -- 北京：中国致公出版社，2023
（成长读书课）
ISBN 978-7-5145-1816-0

Ⅰ.①泰… Ⅱ.①泰…②郑… Ⅲ.①诗集－印度－现代 Ⅳ.①I351.25

中国版本图书馆CIP数据核字(2022)第257662号

泰戈尔诗选：名家公开课美绘版/［印］泰戈尔 著；郑振铎 译
TAIGEER SHIXUAN: MINGJIA GONGKAIKE MEI-HUIBAN

出 版	中国致公出版社
	（北京市朝阳区八里庄西里100号住邦2000大厦1号楼西区21层）
出 品	湖北知音动漫有限公司
	（武汉市东湖路179号）
发 行	中国致公出版社（010-66121708）
作品企划	知音动漫图书·文艺坊
责任编辑	刘 羽
责任校对	魏志军
装帧设计	郑雨薇
责任印制	程 磊
印 刷	武汉精一佳印刷有限公司
版 次	2023年7月第1版
印 次	2023年7月第1次印刷
开 本	875 mm × 700 mm 1/16
印 张	14
字 数	135千字
书 号	ISBN 978-7-5145-1816-0
定 价	29.80元

版权所有，盗版必究（举报电话：027-68890818）
（如发现印装质量问题，请寄本公司调换，电话：027-68890818）

成长读书课
专家编委会

钱理群　北京大学中文系教授、清华大学中文系兼职教授，中国现代文学研究会副会长。主编多卷丛书《新语文读本》，长期关注中国教育问题，对中小学语文教育有精深的研究。

陈思和　著名文学评论家，复旦大学人文学院副院长、复旦大学图书馆馆长，上海作协副主席。主编《中国当代文学史教程》，荣获全国普通高校教材一等奖。

王先霈　华中师范大学文学院教授，鄂教版小学、初中语文教材主编。

孙绍振　福建师范大学文学院教授，北师大版初中语文教材主编。

格　非　著名作家，清华大学中文系教授。茅盾文学奖获得者。

徐　鲁　著名儿童文学作家，中国图书奖、国家图书奖、冰心儿童图书奖获得者。

名师讲读团

张小华 陈盛 陈维贤 曹玉明 韩玉荣
黄羽西 李智 李玲玉 李旭东 刘宏业
罗爱娥 饶永香 王耿 王静 王林
王娟 汪荣辉 万咏英 游昕 姚佩琅
曾李 张天杨

复旦附中、华师一附中、湖南师大附中、北师大附小、华中师大附小、武汉小学……
多所中小学名校，一线特级教师、教研员倾情导读，音频精讲。
百万师生课堂内外共读之书。

这是一本配有线上互动课程的课外书
"整本书阅读"课程设计

> 请配合本书二维码一起使用

难　　度	★★★☆（九年级上）
阅读计划	30分钟/天，共10~14天
阅读指导	当你翻开这本书，你会走进一位杰出诗人的诗歌王国。在他笔下，清新流利的语言和奇崛美妙的意象令人心旷神怡，不知不觉间带你走进一个静谧唯美的诗意世界。建议你们每天花上30分钟阅读这些优美的诗歌，可以一边读一边拿出摘抄本，记下那些触动你心灵的金句。
名师精讲	《泰戈尔的诗歌王国》
写作&思考	泰戈尔的诗歌风格是怎样的？他的诗歌大都以什么为主题？说说最触动你心灵的诗句有哪些。

让诗意在你心中流淌

"使生如夏花之绚烂,死如秋叶之静美。"

"世界以它的痛苦同我接吻,而要求歌声做报酬。"

"黑暗向光明旅行,但是盲者却向死亡旅行。"

……

同学们,这些优美而又耳熟能详的诗句出自一位世界级的杰出诗人。相信你们很多人都听过他的名字,他就是被现代许多诗人称之为"孩子天使"的印度"诗圣"拉宾德拉纳特·泰戈尔。泰戈尔是世界公认的文学大师。1913年,他便以《吉檀迦利》成为第一位获得诺贝尔文学奖的亚洲人!《吉檀迦利》《新月集》《飞鸟集》都是他极具代表性的作品。

为什么我们如此地喜爱泰戈尔的诗呢?有人说,泰戈尔的文字胸怀日月山海、笔蘸爱憎浓情。他的诗，是对大自然的赞歌，也是对人与自然关系的探索。飞鸟、夏花、秋叶、山川河流、日月星辰……这些生活中的美好景物在他的笔下演绎出另一种迷人的精彩，读来扣人心弦。他是如此地热爱着自然，热爱着人间，当自然之光照耀着心灵之泉，自会生出绝妙诗意。

　　许多人在现实生活中步履匆匆，逐渐遗忘了初心，执着于功利名望，对自然界的美好景象和周遭平凡而珍贵的事物熟视无睹。阅读泰戈尔的诗歌，我们暂时把世俗的功名利禄抛在脑后，纯粹地感悟着飞鸟的快乐、流水的灵动、月光的皎洁、大海的浩瀚、群星的璀璨……人的心灵也在不知不觉间得以净化。爱尔兰诗人叶芝曾说，"我每天读泰戈尔的诗，读他一行诗，可以把世上一切的烦恼都忘了。"自然是如此美好，生命是如此动人。"如果你因失去了太阳而流泪，那么你也将失去群星了"，所以别再忧愁于眼前的烦恼了，请像诗人一样用发现美的眼睛去欣赏自然之美，探寻万物的光芒吧。

　　人们总是说艺术创作要纯粹，要有童真，写诗要有诗心。在泰戈尔代表性诗集《新月集》中，他以孩童的视角对这个世界进行了全新的阐述，着力描绘了一个个天真可爱的儿童和他们眼中的天地。泰戈尔也被誉为"儿童诗人""孩子的天使"。这些诗篇有的是欢乐的歌谣，有的是奇妙的想象，有的是稀奇古怪的问题，处处洋溢着孩子的童趣和家庭生活的温馨快乐。拥有一双童真的眼睛去感受世界的真善美，是多么珍贵的体验啊！

"孩子，你真是快活呀，一早晨坐在泥土里，耍着一根折下来的小树枝儿。"

"我独自在横跨过田地的路上走着，夕阳像一个守财奴似的，正藏起他最后的金子。"

"他们拿沙来建筑房屋，拿空贝壳来做游戏。他们把落叶编成了船，笑嘻嘻地把它们放到大海上。孩子们在世界的海边，做他们的游戏。"

在孩子新奇活泼的想象中，这个世界是具有魔力的。那些诗集中的小主人公们与其说是生活在现实世界中，倒不如说是生活在云端里，仙境中。大海与游戏为他们构建出一个梦幻的乐土；新月和云海在梦中报以他们温柔的微笑。弥漫于诗中这朦胧的神秘的色彩，不仅很好地刻画了孩子们的形象，也让读者从现实的苦闷境地里飞翔到美静天真的儿童国里去。

泰戈尔获得世人如此高的认可，不仅在于他的文学才华，也在于他对宇宙和人性深刻的哲学思考。在泰戈尔看来，人的尊贵卑微，不取决于其社会地位，而在于是否有一颗爱人之心：人的能力有大有小，但哪怕只会唱歌，只要爱人，能为别人带来益处，这样的人生就是有价值的；若一心只想着自己的悲喜，自私自利，不为别人带来益处，即使位高权重，仍将孤独于世，这样的人生就是毫无价值的。这些观念也是理解其诗歌的钥匙，他把自己的哲学思想融入到自己的诗歌中去，诗歌如珍珠般闪耀着深邃的哲理之光。读了令人陶醉，启迪心灵。例如："人走进喧哗的群众里去，为的是要淹没他自己的沉默的呼号。""权势以它的恶行自夸，落下的黄叶与浮游的云片却在笑它。""如果你把所有的错误都关在门外时，真理也要被关在门外面了。"这些句子字字珠玑，发人深省，是泰戈尔给我们的宝贵财富。

　　本书完整收录泰戈尔最具代表性诗集《新月集》《飞鸟集》，以及《园丁集》《采果集》《爱者之贻与歧路》等著名文学家郑振铎选译的其他佳作。同学们，建议你们每天花上30分钟阅读这些优美的诗歌，大概十几天就能读完整本。你们可以一边读一边拿出摘抄本，记下那些触动你心灵的金句。一天可以阅读多篇，也可以着重体会其中一篇，相信你们一定能从这些文字中获得绝美的感受，更加热爱这个多姿多彩的世界。

目录
catalogue

➤ 新月集 ❦ /1

译者序 /3
家庭 /7
海边 /8
来源 /11
孩童之道 /12
不被注意的花饰 /14
偷睡眠者 /16
开始 /18
孩子的世界 /20
时候与原因 /21
责备 /22

审判官 /24
玩具 /25
天文家 /26
云与波 /28
金色花 /30
仙人世界 /32
流放的地方 /34
雨天 /37
纸船 /39
水手 /40
对岸 /42

花的学校 /44
商人 /46
同情 /48
职业 /49
长者 /51
小大人 /53
十二点钟 /55
著作家 /56
恶邮差 /58
英雄 /60
告别 /63

召唤 /65
第一次的茉莉 /66
榕树 /67
祝福 /68
赠品 /69
我的歌 /70
孩子天使 /71
最后的买卖 /72

➪ 飞鸟集 ➫ /75

一九二二年版《飞鸟集》例言 /76

一九三三年版本序 /81

➪ 园丁集（选译）➫ /155

➪ 采果集（选译）➫ /183

➪ 爱者之贻与歧路（选译）➫ /187

爱者之贻 /188

歧路 /201

➪ 郑振铎译泰戈尔诗拾遗 ➫ /204

世纪末日 /205

花环 /207

无题 /208

译者序

　　我对于泰戈尔（R.Tagore）的诗最初发生浓厚的兴趣，是在第一次读《新月集》的时候。那时离现在将近五年，许地山君坐在我家的客厅里，长发垂到两肩，很神秘地在黄昏的微光中，对我谈到泰戈尔的事。他说：他在缅甸时，看到泰戈尔的画像，又听人讲到他，便买了他的诗集来读。过了几天，我到许地山君的宿舍里去。他说："我拿一本泰戈尔的诗选送给你。"他便到书架上去找那本诗集。我立在窗前，四围静悄悄的，只有水池中喷泉的潺潺的声音。我静静地等候读那本美丽的书。他不久便从书架上取下很小的一本绿纸面的书来。他说："这是一个日本人选的泰戈尔诗，你先拿去看看。泰戈尔不久前曾到过日本。"我坐了车回家，在归程中，借着新月与市灯的微光，约略地把它翻看了一遍。使我喜欢的是其中所选的几首《新月集》的诗。那一夜，在灯下又看了一次。第二天，地山君见我时，问道："你喜欢哪几首？"我说："《新月集》的几首。"他隔了几天，又拿了一本很美丽的书给我，他说："这就是《新月集》。"从那以后，《新月集》便常在我的书桌上。直到现在，我还时时把它翻开来读。

我译《新月集》，也是受地山君的鼓励。有一天，他把他所译的《吉檀迦利》的几首诗给我看，都是用古文译的。我说："译得很好，但似乎太古奥了。"他说："这一类的诗，应该用这个古奥的文体译。至于《新月集》，却又须用新妍流露的文字译。我想译《吉檀迦利》，你为何不译《新月集》呢？"于是我与他约，我们同时动手译这两部书。此后两年中，他的《吉檀迦利》固未译成，我的《新月集》也时译时辍。直至《小说月报》改革后，我才把自己所译的《新月集》在它上面发表了几首。地山君译的《吉檀迦利》却始终没有再译下去。已译的几首也始终不肯拿出来发表。后来王独清君译的《新月集》也出版了，我更懒得把自己的译下去。许多朋友却时时催我把这个工作做完。他们都说，王君的译文太不容易懂了，似乎有再译的必要。那时我正有选译泰戈尔诗的计划，便一方面把旧译的稿整理一下，一方面参考了王君的译文，又新译了八九首出来，结果便成了现在的这个译本。原集里还有九首诗，因为我不大喜欢它们，所以没有译出来。

我喜欢《新月集》。如我之喜欢安徒生的童话。

安徒生的文字美丽而富有诗趣,他有一种不可测的魔力,能把我们从忙扰的人世间带到美丽和平的花的世界、虫的世界、人鱼的世界里去;能使我们忘了一切艰苦的境遇,随了他走进有静的方池的绿水、有美的挂在黄昏的天空的雨后弧虹等的天国里去。《新月集》也具有这种不可测的魔力。它把我们从怀疑贪望的成人的世界,带到秀嫩天真的儿童的新月之国里去。我们忙着费时间在计算数字,它却能使我们重又回到坐在泥土里以枯枝断梗为戏的时代;我们忙着入海采珠,掘山寻金,它却能使我们在心里重温着在海滨以贝壳为餐具,以落叶为舟,以绿草的露点为圆珠的儿童的梦。总之,我们只要一翻开它来,便立刻如得到两只有魔术的翼翅,可以使自己飞翔到美静天真的儿童国里去。

有许多人以为《新月集》是一部写给儿童看的书。这是他们受了广告上附注的"儿歌"(Child Poems)二字的暗示的缘故。实际上,《新月集》虽然未尝没有几首儿童可以看得懂的诗歌,而泰戈尔之写这些诗,却绝非为儿童而作的。它并不是一部写给儿童读的诗歌集,而是一部叙述儿童心理、儿童生活的好的诗歌集。这正如俄国许多民众小说家所作的民众小说,并不是为民众而作，而是写民众的生活的作品一样。我们如果认清了这一点，便不会无端地引起什么怀疑与什么争论了。

  我的译文自己很不满意，但似乎还很忠实，且不至看不懂。

  读者的一切指教，我都欢迎地承受。

  我最后应该向许地山君表示谢意。他除了鼓励我以外，在这个译本写好时，还曾为我校读了一次。

郑振铎

一九二三年八月二十二日

家庭

我独自在横跨过田地的路上走着,夕阳像一个守财奴似的,正藏起它的最后的金子。

白昼更加深沉地投入黑暗之中,那已经收割了的孤寂的田地,默默地躺在那里。

天空里突然升起了一个男孩子的尖锐的歌声。他穿过看不见的黑暗,留下他的歌声的辙痕跨过黄昏的静谧。

他的乡村的家坐落在荒凉的边上,在甘蔗田的后面,躲藏在香蕉树、瘦长的槟榔树、椰子树和深绿色的贾克果树的阴影里。

我在星光下独自走着的路上停留了一会,我看见黑沉沉的大地展开在我的面前,用她的手臂拥抱着无量数的家庭,在那些家庭里,有着摇篮和床铺,母亲们的心和夜晚的灯,还有年轻的生命,他们满心欢乐,却浑然不知这样的欢乐对于世界的价值。

海边

孩子们会集在无边无际的世界的海边。

无垠的天穹静止地临于头上,不息的海水在足下汹涌。孩子们会集在无边无际的世界的海边,叫着,跳着。

他们拿沙来建筑房屋,拿贝壳来做游戏。他们把落叶编成了船,笑嘻嘻地把它们放到大海上。孩子们在世界的海边,做他们的游戏。

他们不知道怎样泅水,他们不知道怎样撒网。采珠的人为了珠潜水,商人们在他们的船上航行,孩子们却只把小圆石聚了又散。他们不搜求宝藏;他们不知道怎样撒网。

大海哗笑着涌起波浪,而海滩的微笑荡漾着淡淡的光芒。

致人死命的波涛，对着孩子们唱无意义的歌曲，就像一个母亲在摇动她孩子的摇篮时一样。大海和孩子们一同游戏，而海滩的微笑荡漾着淡淡的光芒。

孩子们会集在无边无际的世界的海边。狂风暴雨飘游在无辙迹的天空上，航船沉醉在无辙迹的海水里，死正在外面活动，孩子们却在游戏。在无边无际的世界的海边，孩子们大会集着。

来源

流泛在孩子两眼的睡眠——有谁知道它是从什么地方来的?是的,有个谣传,说它是住在萤火虫朦胧地照耀着林荫的仙村里,在那个地方,挂着两个迷人的胆怯的蓓蕾。它便是从那个地方来吻了孩子的两眼的。

当孩子睡时,在他唇上浮动着的微笑——有谁知道它是从什么地方生出来的?是的,有个谣传,说新月的一线年轻的清光,触着将消未消的秋云边上,于是微笑便初生在一个浴在清露里的早晨的梦中了——当孩子睡时,微笑便在他的唇上浮动着。

甜蜜柔嫩的新鲜生气,像花一般地在孩子的四肢上开放着——有谁知道它在什么地方藏得这样久?是的,当妈妈还是一个少女的时候,它已在爱的温柔而沉静的神秘中,潜伏在她的心里了——甜蜜柔嫩的新鲜生气,像花一般地在孩子的四肢上开放着。

孩童之道

只要孩子愿意,他此刻便可飞上天去。

他所以不离开我们,并不是没有缘故。

他爱把他的头倚在妈妈的胸间,他即使是一刻不见她,也是不行的。

孩子知道各式各样的聪明话,虽然世间的人很少懂得这些话的意义。

他所以永不想说,并不是没有缘故。

他所要做的一件事,就是要学习从妈妈的嘴唇里说出来的话。那就是他所以看来这样天真的缘故。

孩子有成堆的黄金与珠子,但他到这个世界上来,却像一个乞丐。

他所以这样假装了来,并不是没有缘故。

这个可爱的小小的裸着身体的乞丐,所以假装着完全无助的样子，便是想要乞求妈妈的爱的财富。

孩子在纤小的新月的世界里，是一切束缚都没有的。
他所以放弃了他的自由，并不是没有缘故。
他知道有无穷的快乐藏在妈妈的心的小小一隅里，被妈妈亲爱的手臂所拥抱，其甜美远胜过自由。

孩子永不知道如何哭泣。他所住的是完全的乐土。
他所以要流泪，并不是没有缘故。
虽然他用了可爱的脸儿上的微笑，引逗得他妈妈的热切的心向着他，然而他的因为细故而发的小小的哭声，却编成了怜与爱的双重约束的带子。

不被注意的花饰

啊,谁给那件小外衫染上颜色的,我的孩子,谁使你的温软的肢体穿上那件红的小外衫的?

你在早晨就跑出来到天井里玩儿,你,跑着就像摇摇欲跌似的。

但是谁给那件小外衫染上颜色的,我的孩子?

什么事叫你大笑起来的,我的小小的命芽儿?

妈妈站在门边,微笑地望着你。

她拍着她的双手,她的手镯叮当地响着,你手里拿着你的竹竿儿在跳舞,活像一个小小的牧童。

但是什么事叫你大笑起来的,我的小小的命芽儿?

喔,乞丐,你双手攀搂住妈妈的头颈,要乞讨些什么?

喔,贪得无厌的心,要我把整个世界从天上摘下来,像摘一个果子似的,把它放在你的一双小小的玫瑰色的手掌上么?

喔,乞丐,你要乞讨些什么?

风高兴地带走了你踝铃的叮当。

太阳微笑着,望着你的打扮。

当你睡在你妈妈的臂弯里时,天空在上面望着你,而早晨蹑手蹑脚地走到你的床跟前,吻着你的双眼。

风高兴地带走了你踝铃的叮当。

仙乡里的梦婆飞过朦胧的天空,向你飞来。

在你妈妈的心头上,那世界母亲,正和你坐在一块儿。

他,向星星奏乐的人,正拿着他的横笛,站在你的窗边。

仙乡里的梦婆飞过朦胧的天空,向你飞来。

偷睡眠者

谁从孩子的眼里把睡眠偷了去呢？我一定要知道。

妈妈把她的水罐挟在腰间，走到邻村汲水去了。

这是正午的时候，孩子们游戏的时间已经过去了；池中的鸭子沉默无声。

牧童躺在榕树的荫下睡着了。

白鹤庄重而安静地立在檬果树边的泥泽里。

就在这个时候，偷睡眠者跑来从孩子的两眼里捉住睡眠，便飞去了。

当妈妈回来时，她看见孩子四肢着地地在屋里爬着。

谁从孩子的眼里把睡眠偷了去呢？我一定要知道。我一定要找到她，把她锁起来。

我一定要向那个黑洞里张望，在这个洞里，有一道小泉从圆的有皱纹的石上滴下来。

我一定要到醉花林中的沉寂的树影里搜寻，在这林中，鸽子在它们住的地方咕咕地叫着，仙女的脚环在繁星满天的静夜里叮当地响着。

我要在黄昏时,向静静的萧萧的竹林里窥望,在这林中,萤火虫闪闪地耗费它们的光明,只要遇见一个人,我便要问他:"谁能告诉我偷睡眠者住在什么地方?"

谁从孩子的眼里把睡眠偷了去呢?我一定要知道。

只要我能捉住她,怕不会给她一顿好教训!

我要闯入她的巢穴,看她把所有偷来的睡眠藏在什么地方。

我要把它都夺来,带回家去。

我要把她的双翼缚得紧紧的,把她放在河边,然后叫她拿一根芦苇在灯芯草和睡莲间钓鱼为戏。

黄昏,街上已经收了市,村里的孩子们都坐在妈妈的膝上时,夜鸟便会讥笑地在她耳边说:"你现在还想偷谁的睡眠呢?"

开 始

"我是从哪儿来的,你,在哪儿把我捡起来的?"孩子问他的妈妈说。

她把孩子紧紧地搂在胸前,半哭半笑地答道——

"你曾被我当作心愿藏在我的心里,我的宝贝。

"你曾存在于我孩童时代玩的泥娃娃身上;每天早晨我用泥土塑造我的神像,那时我反复地塑了又捏碎了的就是你。

"你曾和我们的家庭守护神一同受到祀奉,我崇拜家神时也就崇拜了你。

"你曾活在我所有的希望和爱情里,活在我的生命里,我母亲的生命里。

"在主宰着我们家庭的不死的精灵的膝上,你已经被抚育了好多代了。

"当我做女孩子的时候,我的心的花瓣儿张开,你就像一股花香似的散发出来。

"你的软软的温柔,在我的青春的肢体上开花了,像太阳出来之前的天空上的一片曙光。

"上天的第一宠儿,晨曦的孪生兄弟,你从世界的生命的溪流浮泛而下,终于停泊在我的心头。

"当我凝视你的脸蛋儿的时候,神秘之感湮没了我;你这属于一切人的,竟成了我的。

"为了怕失掉你,我把你紧紧地搂在胸前。是什么魔术把这世界的宝贝引到我这双纤小的手臂里来呢?"

孩子的世界

我愿我能在我孩子的自己的世界的中心,占一角清净地。

我知道有星星同他说话,天空也在他面前垂下,用它傻傻的云朵和彩虹来娱悦他。

那些大家以为他是哑的人,那些看去像是永不会走动的人,都带了他们的故事,捧了满装着五颜六色的玩具的盘子,匍匐地来到他的窗前。

我愿我能在横过孩子心中的道路上游行,解脱了一切的束缚;

在那儿,使者奉了无所谓的使命奔走于无史的诸王的王国间;

在那儿,理智以她的法律造为纸鸢而飞放,真理也使事实从桎梏中自由了。

时候与原因

当我给你五颜六色的玩具的时候，我的孩子，我明白了为什么云上水上是这样的色彩缤纷，为什么花朵上染上绚烂的颜色的原因了——当我给你五颜六色的玩具的时候，我的孩子。

当我唱着使你跳舞的时候，我真的知道了为什么树叶儿响着音乐，为什么波浪把它们的合唱的声音送进静听着的大地的心头的原因了——当我唱着使你跳舞的时候。

当我把糖果送到你的贪婪的双手上的时候，我知道了为什么在花萼里会有蜜，为什么水果里会秘密地充溢了甜汁的原因了——当我把糖果送到你贪得无厌的双手上的时候。

当我吻着你的脸蛋儿叫你微笑的时候，我的宝贝，我的确明白了在晨光里从天上流下来的是什么样的快乐，而夏天的微飔吹拂在我的身体上的又是什么样的爽快——当我吻着你的脸蛋儿叫你微笑的时候。

责备

为什么你眼里有了眼泪,我的孩子?

他们真是可怕,常常无谓地责备你!

你写字时墨水玷污了你的手和脸——这就是他们所以骂你龌龊的缘故么?

呵,呸!他们也敢因为圆圆的月儿用墨水涂了脸,便骂它龌龊么?

他们总要为了每一件小事去责备你,我的孩子。他们总是无谓地寻人错处。

你游戏时扯破了你的衣服——这就是他们说你不整洁的缘故么?

呵,呸!秋之晨从它的破碎的云衣中露出微笑。那么,他们要叫它什么呢?

他们对你说什么话,尽管可以不去理睬他,我的孩子。

他们把你做错的事长长地记了一笔账。

谁都知道你是十分喜欢糖果的——这就是他们所以称你作贪婪的缘故么?

呵,呸!我们是喜欢你的,那么,他们要叫我们什么呢?

孩子在淘气或者犯错时,总是免不了被责备。有些责备可能当下让人觉得很难过,但是以后回头再看,早就释怀了。你也有过令自己印象深刻的被人责备的经历吗?

审判官

你想说他什么尽管说罢,但是我知道我孩子的短处。

我爱他并不因为他好,只是因为他是我的小小的孩子。

你如果把他的好处与坏处两两相权一下,恐怕你就会知道他是如何的可爱罢?

当我必须责罚他的时候,他更成为我的生命的一部分了。

当我使他眼泪流出时,我的心也和他同哭了。

只有我才有权去骂他,去责罚他,因为只有热爱人的才可以惩戒人。

玩 具

孩子，你真是快活呀，一早晨坐在泥土里，耍着折下来的小树枝儿。

我微笑地看你在那里耍着那根折下来的小树枝儿。

我正忙着算账，一小时一小时在那里加叠数字。

也许你在看我，想道："这种好没趣的游戏，竟把你的一早晨的好时间浪费掉了！"

孩子，我忘了聚精会神玩耍树枝与泥饼的方法了。

我寻求贵重的玩具，收集金块与银块。

你呢，无论找到什么便去做你的快乐的游戏，我呢，却把我的时间与力气都浪费在那些我永不能得到的东西上。

我在我的脆薄的独木船里挣扎着要航过欲望之海，竟忘了我也是在那里做游戏了。

天文家

我不过说:"当傍晚圆圆的满月挂在迦昙波①的枝头时,有人能去捉住它么?"

哥哥却对我笑道:"孩子呀,你真是我所见到的顶顶傻的孩子。月亮离我们那样远,谁能去捉住它呢?"

我说:"哥哥,你真傻!当妈妈向窗外探望,微笑着往下看我们游戏时,你也能说她远么?"

哥哥还是说:"你这个傻孩子!但是,孩子,你到哪里去找一张大得能逮住月亮的网呢?"

我说:"你自然可以用双手去捉住它呀。"

但是哥哥还是笑着说:"你真是我所见到的顶顶傻的孩子!如果月亮走近了,你便知道它是多么大了。"

我说:"哥哥,你们学校里所教的,真是没有用呀!

---

① 迦昙波:原名 kadam,亦作 kadamba,意译"白花",即昙花。

当妈妈低下脸儿跟我们亲嘴时,她的脸看来也是很大的么?"

但是哥哥还是说:"你真是一个傻孩子。"

云 与 波

妈妈，住在云端的人对我唤道——

"我们从醒的时候游戏到白日终止。

我们与黄金色的曙光游戏，我们与银白色的月亮游戏。"

我问道："但是，我怎么能够上你那里去呢？"

他们答道："你到地球的边上来，举手向天，就可以被接到云端里来了。"

"我妈妈在家里等我呢，"我说，"我怎么能离开她而来呢？"

于是他们微笑着浮游而去。

但是我知道一件比这个更好的游戏，妈妈。

我做云，你做月亮。

我用两只手遮盖你，我们的屋顶就是青碧的天空。

住在波浪上的人对我唤道——

"我们从早晨唱歌到晚上；我们前进又前进地旅

行,也不知我们所经过的是什么地方。"

我问道:"但是,我怎么能加入你们队伍里去呢?"

他们告诉我说:"来到岸旁,站在那里,紧闭你的两眼,你就被带到波浪上来了。"

我说:"傍晚的时候,我妈妈常要我在家里——我怎么能离开她而去呢!"

于是他们微笑着,跳舞着奔流过去。

但是我知道一件比这个更好的游戏。

我是波浪,你是陌生的岸。

我奔流而进,进,进,笑哈哈地撞碎在你的膝上。

世界上就没有一个人会知道我们俩在什么地方。

金色花

假如我变了一朵金色花①,只是为了好玩,长在那棵树的高枝上,笑哈哈地在风中摇摆,又在新生的树叶上跳舞,妈妈,你会认识我么?

你要是叫道:"孩子,你在哪里呀?"我暗暗地在那里匿笑,却一声儿不响。

我要悄悄地开放花瓣儿,看着你工作。

当你沐浴后,湿发披在两肩,穿过金色花的林荫,走到你做祷告的小庭院时,你会嗅到这花的香气,却不知道这香气是从我身上来的。

当你吃过午饭,坐在窗前读《罗摩衍那》,那棵树的阴影落在你的头发与膝上时,我便要投我的小小的影子在你的书页上,正投在你所读的地方。

但是你会猜得出这就是你的小孩子的小影子么?

当你黄昏时拿了灯到牛棚里去,我便要突然地再

---

① 金色花:原名 champa,亦作 champak,印度圣树,木兰花属植物,开金黄色碎花。译名亦作"瞻波伽"或"占博伽"。

落到地上来,又成了你的孩子,求你讲个故事给我听。

"你到哪里去了,你这坏孩子?"

"我不告诉你,妈妈。"这就是你同我那时所要说的话了。

仙人世界

如果人们知道了我的国王的宫殿在哪里,它就会消失在空气中的。

墙壁是白色的银,屋顶是耀眼的黄金。

皇后住在有七个庭院的宫苑里;她戴的一串珠宝,值得整整七个王国的全部财富。

不过,让我悄悄地告诉你,妈妈,我的国王的宫殿究竟在哪里。

它就在我们阳台的角上,在那栽着杜尔茜花的花盆放着的地方。

公主躺在远远的隔着七个不可逾越的重洋的那一岸沉睡着。

除了我自己,世界上便没有人能够找到她。

她臂上有镯子,她耳上挂着珍珠;她的头发拖到地板上。

当我用我的魔杖点触她的时候,她就会醒过来;

而当她微笑时,珠玉将会从她唇边落下来。

不过,让我在我的耳朵边悄悄地告诉你,妈妈;她就住在我们阳台的角上,在那栽着杜尔茜花的花盆放着的地方。

当你要到河里洗澡的时候,你走上屋顶的那座阳台来罢。

我就坐在墙的阴影所聚会的一个角落里。

我只让小猫儿跟我在一起,因为它知道那故事里的理发匠住的地方。

不过,让我在你的耳朵边悄悄地告诉你,那故事里的理发匠到底住在哪里。

他住的地方,就在阳台的角上,在那栽着杜尔茜花的花盆放着的地方。

流放的地方

妈妈,天空上的光成了灰色了;我不知道是什么时候了。

我玩得怪没劲儿的,所以到你这里来了。这是星期六,是我们的休息日。

放下你的活计,妈妈,坐在靠窗的一边,告诉我童话里的特潘塔沙漠在什么地方?

雨的影子遮掩了整个白天。

凶猛的电光用它的爪子抓着天空。

当乌云在轰轰地响着,天打着雷的时候,我总爱心里带着恐惧爬伏到你的身上。

当大雨倾泻在竹叶子上好几个钟头,而我们的窗户为狂风震得格格发响的时候,我就爱独自和你坐在屋里,妈妈,听你讲童话里的特潘塔沙漠的故事。

它在哪里,妈妈,在哪一个海洋的岸上,在哪些个山峰的脚下，在哪一个国王的国土里？

田地上没有此疆彼壤的界石，也没有村人在黄昏时走回家的，或妇人在树林里捡拾枯枝而捆载到市场上去的道路。沙地上只有一小块一小块的黄色草地，只有一株树，就是那一对聪明的老鸟儿在那里做窝的，那个地方就是特潘塔沙漠。

我能够想象得到，就在这样一个乌云密布的日子，国王的年轻的儿子，怎样地独自骑着一匹灰色马，走过这个沙漠，去寻找那被囚禁在不可知的重洋之外的巨人宫里的公主。

当雨雾在遥远的天空下降，电光像一阵突然发作的痛楚的痉挛似的闪射的时候，他可记得他的不幸的母亲，为国王所弃，正在扫除牛棚，眼里流着眼泪，当他骑马走过童话里的特潘塔沙漠的时候？

看，妈妈，一天还没有完，天色就差不多黑了，那边村庄的路上没有什么旅客了。

牧童早就从牧场上回家了，人们都已从田地里回来，坐在他们草屋的檐下的草席上，眼望着阴沉的云块。

妈妈，我把我所有的书本都放在书架上了——不要叫我现在做功课。

当我长大了，大得像爸爸一样的时候，我将会学到必须学的东西的。

但是，今天你可得告诉我，妈妈，童话里的特潘塔沙漠在什么地方？

雨 天

乌云很快地集拢在森林的黝黑的边缘上。

孩上,不要出去呀!

湖边的一行棕树,向冥暗的天空撞着头;羽毛零乱的乌鸦,静悄悄地栖在罗望子的枝上,河的东岸正被乌沉沉的暝色所侵袭。

我们的牛系在篱上,高声鸣叫。

孩子,在这里等着,等我先把牛牵进牛棚里去。

许多人都挤在池水泛溢的田间,捉那从泛溢的池中逃出来的鱼儿,雨水聚成了小河,流过狭街,好像一个嬉笑的孩子从他妈妈那里跑开,故意要恼她一样。

听呀,有人在浅滩上喊船夫呢。

孩子,天色冥暗了,渡头的摆渡船已经停了。

天空好像是在滂沱的雨上快跑着;河里的水喧叫而且暴躁;妇人们早已拿着汲满了水的水罐,从恒河畔匆匆地回家了。

夜里用的灯,一定要预备好。

孩子,不要出去呀!

到市场去的大道已没有人走,到河边去的小路又很滑。风在竹林里咆哮着,挣扎着,好像一只落在网中的野兽。

纸 船

我每天把纸船一个个放在急流的溪中。

我用大黑字写我的名字和我住的村名在纸船上。

我希望住在异地的人会得到这纸船,知道我是谁。

我把园中长的秀利花载在我的小船上,希望这些黎明开的花能在夜里被平平安安地带到岸上。

我投我的纸船到水里,仰望天空,看见小朵的云正张着满鼓着风的白帆。

我不知道天上有我的什么游伴把这些船放下来同我的船比赛!

夜来了,我的脸埋在手臂里,梦见我的纸船在子夜的星光下缓缓地浮泛前去。

睡仙坐在船里,带着满载着梦的篮子。

水手

船夫曼特胡的船只停泊在拉琪根琪码头。

这只船无用地装载着黄麻,无所事事地停泊在那里已经好久了。

只要他肯把他的船借给我,我就给它安装一百支桨,扬起五个或六个或七个布帆来。

我决不把它驾驶到愚蠢的市场上去。

我将航行遍仙人世界里的七个大海和十三条河道。

但是,妈妈,你不要躲在角落里为我哭泣。

我不会像罗摩犍陀罗①似的,到森林中去,一去十四年才回来。

我将成为故事中的王子,把我的船装满了我所喜欢的东西。我将带我的朋友阿细和我做伴,我们要快快乐乐地航行于仙人世界里的七个大海和十三条河道。

---

① 罗摩犍陀罗:罗摩。他是印度叙事诗《罗摩衍那》中的主角。为了尊重父亲的诺言和维持弟兄之间的爱,他放弃了继承王位的权利,和妻子悉多在森林中被放逐了十四年。

我将在绝早的晨光里张帆航行。

中午,你正在池塘里洗澡的时候,我们将在一个陌生的国王的国土上了。

我们将经过特浦尼浅滩,把特潘塔沙漠抛落在我们的后边。

当我们回来的时候,天色快黑了,我将告诉你我们所见到的一切。

我将越过仙人世界里的七个大海和十三条河道。

对岸

我渴望到河的对岸去。

在那边,好些船只一行儿系在竹竿上;

在那边,人们在早晨乘船渡过那边去,肩上扛着犁头,去耕耘他们的远处的田;在那边,牧人使他们鸣叫着的牛游泳到河旁的牧场去;

黄昏的时候,他们都回家了,只留下豺狼在这满长着野草的岛上哀叫。

妈妈,如果你不在意,我长大的时候,要做这渡船的船夫。

据说有好些古怪的池塘藏在这个高岸之后。

雨过去了,一群一群的野鹜飞到那里去,茂盛的芦苇在岸边四围生长,水鸟在那里生蛋;

竹鸡带着跳舞的尾巴,将它们细小的足印印在洁净的软泥上;

黄昏的时候,长草顶着白花,邀月光在长草的波浪上浮游。

妈妈，如果你不在意，我长大的时候，要做这渡船的船夫。

我要自此岸至彼岸，渡过来，渡过去，所有村中正在那儿沐浴的男孩女孩，都要诧异地望着我。

太阳升到中天，早晨变为正午了，我将跑到你那里去，说道："妈妈，我饿了！"

一天完了，影子俯伏在树底下，我便要在黄昏中回家来。

我将永不同爸爸那样，离开你到城里去做事。

妈妈，如果你不在意，我长大的时候，要做这渡船的船夫。

花的学校

当雷云在天上轰响,六月的阵雨落下的时候,
润湿的东风走过荒野,在竹林中吹着口笛。
于是一群一群的花从无人知道的地方突然跑出来,在绿草上狂欢地跳着舞。

妈妈,我真的觉得那群花朵是在地下的学校里上学。
他们关了门做功课,如果他们想在散学以前出来游戏,他们的老师是要罚他们站壁角的。

雨一来,他们便放假了。
树枝在林中互相碰触着,绿叶在狂风里萧萧地响着,雷云拍着大手,花孩子们便在那时候穿了紫的、黄的、白的衣裳,冲了出来。
你可知道,妈妈,他们的家是在天上,在星星所住的地方。

你没有看见他们怎样地急着要到那儿去么?你不知道他们为什么那样急急忙忙么?

我自然能够猜得出他们是对谁扬起双臂来:他们也有他们的妈妈,就像我有我自己的妈妈一样。

商 人

妈妈,让我们想象,你待在家里,我到异邦去旅行。

再想象,我的船已经装得满满的在码头上等候启碇了。

现在,妈妈,好生想一想再告诉我,回来的时候我要带些什么给你。

妈妈,你要一堆一堆的黄金么?

在金河的两岸,田野里全是金色的稻实。

在林荫的路上,金色花也一朵一朵地落在地上。

我要为你把它们全都收集起来,放在好几百个篮子里。

妈妈,你要秋天的雨点一般大的珍珠么?

我要渡海到珍珠岛的岸上去。

那个地方,在清晨的曙光里,珠子在草地的野花上颤动,珠子落在绿草上,珠子被汹狂的海浪一大把一大把地撒在沙滩上。

　　我的哥哥呢，我要送他一对有翼的马，会在云端飞翔的。

　　爸爸呢，我要带一支有魔力的笔给他，他还没有觉得，笔就写出字来了。

　　你呢，妈妈，我一定要把那个值七个王国的首饰箱和珠宝送给你。

同 情

如果我只是一只小狗,而不是你的小孩,亲爱的妈妈,当我想吃你的盘里的东西时,你要向我说"不"么?

你要赶开我,对我说道"滚开,你这淘气的小狗"么?

那么,走罢,妈妈,走罢!当你叫唤我的时候,我就永不到你那里去,也永不要你再喂我吃东西了。

如果我只是一只绿色的小鹦鹉,而不是你的小孩,亲爱的妈妈,你要把我紧紧地锁住,怕我飞走么?

你要对我摇你的手,说道"怎样的一个不知感恩的贱鸟呀!整夜地净在咬它的链子"么?

那么,走罢,妈妈,走罢!我要跑到树林里去;我就永不再让你抱我在你的臂里了。

职 业

早晨,钟敲十下的时候,我沿着我们的小巷到学校去。

每天我都遇见那个小贩,他叫道:"镯子呀,亮晶晶的镯子!"

他没有什么事情急着要做,他没有哪条街一定要走,他没有什么地方一定要去,他没有什么时间一定要回家。

我愿意我是一个小贩,在街上过日子,叫着:"镯子呀,亮晶晶的镯子!"

下午四点,我从学校里回家。

从一家门口,我看得见一个园丁在那里掘地。

他用他的锄子,要怎么掘,便怎么掘,他被尘土污了衣裳,如果他被太阳晒黑了或是身上被打湿了,都没有人骂他。

我愿意我是一个园丁,在花园里掘地。谁也不来阻止我。

天色刚黑，妈妈就送我上床。

从开着的窗口，我看得见更夫走来走去。

小巷又黑又冷清，路灯立在那里，像一个头上生着一只红眼睛的巨人。

更夫摇着他的提灯，跟他身边的影子一起走着，他一生一次都没有上床去过。

我愿意我是一个更夫，整夜在街上走，提了灯去追逐影子。

长者

妈妈,你的孩子真傻!她是那么可笑地不懂得事!
她不知道路灯和星星的分别。

当我们玩着把小石子当食物的游戏时,她便以为它们真是吃的东西,竟想放进嘴里去。

当我翻开一本书,放在她面前,在她读 a,b,c 时,她却用手把书页撕了,无端快活地叫起来,你的孩子就是这样做功课的。

当我生气地对她摇头,骂她,说她顽皮时,她却哈哈大笑,以为很有趣。

谁都知道爸爸不在家,但是,如果我在游戏时高声叫一声"爸爸",她便要高兴地四面张望,以为爸爸真是近在身边。

当我把洗衣人带来载衣服回去的驴子当作学生,并且警告她说,我是老师,她却无缘无故地乱叫起我哥哥来。

你的孩子要捉月亮。

她是这样的可笑；她把格尼许①唤作琪奴许。

妈妈，你的孩子真傻，她是那么可笑地不懂事！

---

① 格尼许（Ganesh）：毁灭之神湿婆的儿子，象头人身。同时也是现代印度人所最喜欢用来做名字的第一个字。

小大人

我人很小，因为我是一个小孩子，到了我像爸爸一样年纪时，便要变大了。

我的先生要是走来说道："时候晚了，把你的石板，你的书拿来。"

我便要告诉他道："你不知道我已经同爸爸一样大了么？我绝不再学什么功课了。"

我的老师便将惊异地说道："他读书不读书可以随便，因为他是大人了。"

我将自己穿了衣裳，走到人群拥挤的市场里去。

我的叔叔要是跑过来说道："你要迷路了，我的孩子，让我领着你吧。"

我便要回答道："你没有看见么，叔叔，我已经同爸爸一样大了？我决定要独自一个人到市场里去。"

叔叔便将说道："是的，他随便到哪里去都可以，因为他是大人了。"

当我正拿钱给我保姆时,妈妈便要从浴室中出来,因为我是知道怎样用我的钥匙去开银箱的。

妈妈要是说道:"你在做什么呀,顽皮的孩子?"

我便要告诉她道:"妈妈,你不知道我已经同爸爸一样大了么?我必须拿钱给保姆。"

妈妈便将自言自语道:"他可以随便把钱给他所喜欢的人,因为他是大人了。"

当十月里放假的时候,爸爸将要回家,他会以为我还是一个小孩子,为我从城里带了小鞋子和小绸衫来。

我便要说道:"爸爸,把这些东西给哥哥吧,因为我已经同你一样大了。"

爸爸便将想了一想,说道:"他可以随便去买他自己穿的衣裳,因为他是大人了。"

十二点钟

妈妈,我真想现在不做功课了。我整个早晨都在念书呢。

你说,现在还不过是十二点钟。假定不会晚过十二点罢;难道你不能把不过是十二点钟想象成下午么?

我能够很容易地想象:现在太阳已经到了那片稻田的边缘上了,老态龙钟的渔婆正在池边采撷香草做她的晚餐。

我闭上了眼就能够想到,马塔尔树下的阴影是更深黑了,池塘里的水看来黑得发亮。

假如十二点钟能够在黑夜里来到,为什么黑夜不能在十二点钟的时候来到呢?

著作家

你说爸爸写了许多书,但我却不懂得他所写的东西。

他整个黄昏读书给你听,但是你真懂得他的意思么?

妈妈,你给我们讲的故事,真是好听呀!我很奇怪,爸爸为什么不能写那样的书呢?

难道他从来没有从他自己的妈妈那里听见过巨人、神仙和公主的故事么?

还是已经完全忘记了?

他常常耽误了沐浴,你不得不走去叫他一百多次。

你总要等候着,把他的菜温着等他,但他忘了,还尽管写下去。

爸爸老是以著书为游戏。

如果我一走进爸爸房里去游戏,你就要走来叫道:"真是一个顽皮的孩子!"

如果我稍微出一点声音,你就要说:"你没有看见你爸爸正在工作么?"

老是写了又写，有什么趣味呢？

当我拿起爸爸的钢笔或铅笔，像他一模一样地在他的书上写着——a，b，c，d，e，f，g，h，i，——那时，你为什么跟我生气呢，妈妈？

爸爸写时，你却从来不说一句话。

当我爸爸耗费了那么一大堆纸时，妈妈，你似乎全不在乎。

但是，如果我只取了一张纸去做一只船，你却要说："孩子，你真讨厌！"

你对于爸爸拿黑点子涂满了纸的两面，污损了许多许多张纸，你心里以为怎样呢？

恶 邮 差

你为什么坐在那边地板上不言不动的,告诉我呀,亲爱的妈妈?

雨从开着的窗口打进来了,把你身上全打湿了,你却不管。

你听见钟已打四下了么?正是哥哥从学校里回家的时候了。

到底发生了什么事,你的神色这样不对?

你今天没有接到爸爸的信么?

我看见邮差在他的袋里带了许多信来,几乎镇里的每个人都分送到了。

只有爸爸的信,他留起来给他自己看。我确信这个邮差是个坏人。

但是不要因此不乐呀,亲爱的妈妈。

明天是邻村市集的日子。你叫女仆去买些笔和纸来。

我自己会写爸爸所写的一切信;使你找不出一点错处来。

我要从 A 字一直写到 K 字。

但是，妈妈，你为什么笑呢？

你不相信我能写得同爸爸一样好！

但是我将用心画格子，把所有的字母都写得又大又美。

当我写好了时，你以为我也像爸爸那样傻，把它投入可怕的邮差的袋中么？

我立刻就自己送来给你，而且一个字母、一个字母地帮助你读。

我知道那邮差是不肯把真正的好信送给你的。

英 雄

妈妈，让我们想象我们正在旅行，经过一个陌生而危险的国土。

你坐在一顶轿子里，我骑着一匹红马，在你旁边跑着。

是黄昏的时候，太阳已经下山了。约拉地希的荒地疲乏而灰暗地展开在我们面前，大地是凄凉而荒芜的。

你害怕了，想道——"我不知道我们到了什么地方了。"

我对你说道："妈妈，不要害怕。"

草地上刺蓬蓬地长着针尖似的草，一条狭而崎岖的小道通过这块草地。

在这片广大的地面上看不见一头牛；它们已经回到它们村里的牛棚去了。

天色黑了下来，大地和天空都显得朦朦胧胧的，而我们不能说出我们正走向什么所在。

突然间,你叫我,悄悄地问我道:"靠近河岸的是什么火光呀?"

正在那个时候,一阵可怕的呐喊声爆发了,好些人影子向我们跑过来。

你蹲坐在你的轿子里,嘴里反复地祷念着神的名字。

轿夫们怕得发抖,躲藏在荆棘丛中。

我向你喊道:"不要害怕,妈妈,有我在这里。"

他们手里执着长棒,头发披散着,越走越近了。

我喊道:"要当心!你们这些坏蛋!再向前走一步,你们就要送命了。"

他们又发出一阵可怕的呐喊声,向前冲过来。

你抓住我的手,说道:"好孩子,看在上天面上,躲开他们罢。"

我说道:"妈妈,你瞧我的。"

于是我刺策着我的马匹,猛奔过去,我的剑和盾彼此碰着作响。

这一场战斗是那么激烈,妈妈,如果你从轿子里看得见的话，你一定会打冷战的。

他们之中，许多人逃走了，还有好些人被砍杀了。

我知道你那时独自坐在那里，心里正在想着，你的孩子这时候一定已经死了。

但是我跑到你的跟前，浑身溅满了鲜血，说道："妈妈，现在战斗已经结束了。"

你从轿子里走出来，吻着我，把我搂在你的心头，你自言自语道："如果我没有我的孩子护送我，我简直不知道怎么办才好。"

一千件无聊的事天天在发生，为什么这样一件事不能够偶然实现呢？

这很像一本书里的一个故事。

我的哥哥要说道："这是可能的事么？我老是在想，他是那么嫩弱呢！"

我们村里的人们都要惊讶地说道："这孩子正和他妈妈在一起，这不是很幸运么？"

告别

是我走的时候了,妈妈,我走了。

当清寂的黎明,你在暗中伸出双臂,要抱你睡在床上的孩子时,我要说道:"孩子不在那里呀!"——妈妈,我走了。

我要变成一股清风抚摸着你;我要变成水的涟漪,当你沐浴时,把你吻了又吻。

大风之夜,当雨点在树叶中淅沥时,你在床上,会听见我的微语,当电光从开着的窗口闪进你的屋里时,我的笑声也偕了它一同闪进了。

如果你醒着躺在床上,想你的孩子到深夜,我便要从星空向你唱道:"睡呀!妈妈,睡呀。"

我要坐在各处游荡的月光上,偷偷地来到你的床上,乘你睡着时,躺在你的胸上。

我要变成一个梦儿,从你的眼皮的微缝中,钻到你睡眠的深处。当你醒来吃惊地四望时,我便如闪耀的萤火似的熠熠地向暗中飞去了。

当杜尔迦节①,邻舍家的孩子们来屋里游玩时,我便要融化在笛声里,整日价在你心头震荡。

亲爱的阿姨带了杜尔迦节礼物来,问道:"我们的孩子在哪里,姊姊?"妈妈,你将要柔声地告诉她:"他呀,他现在是在我的瞳仁里,他现在是在我的身体里,在我的灵魂里。"

人的一生,伴随着许许多多的告别。有时候,离别也是相遇的开始。你有什么关于告别的故事吗?请与大家一起交流分享吧!

---

①杜尔迦节:祭神大典。印度十月间的"难近母祭日"。

召 唤

她走的时候,夜间黑漆漆的,他们都睡了。

现在,夜间也是黑漆漆的,我唤她道:"回来,我的宝贝,世界都在沉睡,当星星互相凝视的时候,你来一会儿是没有人会知道的。"

她走的时候,树木正在萌芽,春光刚刚来到。

现在花已盛开,我唤道:"回来,我的宝贝。孩子们漫不经心地在游戏,把花聚在一起,又把它们散开。你如走来,拿一朵小花去,没有人会发觉的。"

常常在游戏的那些人,仍然还在那里游戏,生命总是如此地浪费。

我静听他们的空谈,便唤道:"回来,我的宝贝,妈妈的心里充满着爱,你如走来,仅仅从她那里接一个小小的吻,没有人会妒忌的。"

第一次的茉莉

呵，这些茉莉花，这些白的茉莉花！

我仿佛记得我第一次双手满捧着这些茉莉花，这些白的茉莉花的时候。

我喜爱那日光，那天空，那绿色的大地；

我听见那河水淙淙的流声，在黑漆的午夜里传过来；

秋天的夕阳，在荒原上大路转角处迎我，如新妇揭起她的面纱迎接她的爱人。

但我想起孩提时第一次捧在手里的白茉莉，心里充满着甜蜜的回忆。

我生平有过许多快活的日子，在节日宴会的晚上，我曾跟着说笑话的人大笑。

在灰暗的雨天的早晨，我吟哦过许多飘逸的诗篇。

我颈上戴过爱人手织的醉花的花圈，作为晚装。

但我想起孩提时第一次捧在手里的白茉莉，心里充满着甜蜜的回忆。

榕树

喂,站在池边的蓬头的榕树,你可曾忘记了那小小的孩子,就像那在你的枝上筑巢又离开了你的鸟儿似的孩子?

你不记得他怎样坐在窗内,诧异地望着你深入地下的纠缠的树根么?

妇人们常到池边,汲了满罐的水去,你的大黑影便在水面上摇动,好像睡着的人挣扎着要醒来似的。

日光在微波上跳舞,好像不停不息的小梭在织着金色的花毡。

两只鸭子挨着芦苇,在芦苇影子上游来游去,孩子静静地坐在那里想着。

他想做风,吹过你萧萧的枝杈;想做你的影子,在水面上,随了日光而俱长;想做一只鸟儿,栖息在你的最高枝上;还想做那两只鸭,在芦苇与阴影中间游来游去。

祝福

祝福这个小心灵，这个洁白的灵魂，他为我们的大地，赢得了天的接吻。

他爱日光，他爱见他妈妈的脸。

他没有学会厌恶尘土而渴求黄金。

紧抱他在你的心里，并且祝福他。

他已来到这个歧路百出的大地上了。

我不知道他怎么从群众中选出你来，来到你的门前抓住你的手问路。

他笑着，谈着，跟着你走，心里没有一点儿疑惑。

不要辜负他的信任，引导他到正路，并且祝福他。

把你的手按在他的头上，祈求着：底下的波涛虽然险恶，然而从上面来的风，会鼓起他的船帆，送他到和平的港口的。

不要在忙碌中把他忘了，让他来到你的心里，并且祝福他。

赠品

　　我要送些东西给你,我的孩子,因为我们同是漂泊在世界的溪流中的。

　　我们的生命将被分开,我们的爱也将被忘记。

　　但我却没有那样傻,希望能用我的赠品来买你的心。

　　你的生命正是青青,你的道路也长着呢,你一口气饮尽了我们带给你的爱,便回身离开我们跑了。

　　你有你的游戏,有你的游伴。如果你没有时间同我们在一起,如果你想不到我们,那有什么害处呢?

　　我们呢,自然的,在老年时,会有许多闲暇的时间,去计算那过去的日子,把我们手里永久失了的东西,在心里爱抚着。

　　河流唱着歌很快地流去,冲破所有的堤防。但是山峰却留在那里,忆念着,满怀依依之情。

我 的 歌

　　我的孩子，我这一支歌将扬起它的乐声围绕你的身旁，好像那爱情的热恋的手臂一样。

　　我这一支歌将触着你的前额，好像那祝福的接吻一样。

　　当你只是一个人的时候，它将坐在你的身旁，在你耳边微语着；当你在人群中的时候，它将围住你，使你超然物外。

　　我的歌将成为你的梦的翼翅，它将把你的心移送到不可知的岸边。

　　当黑夜覆盖在你路上的时候，它又将成为那照临在你头上的忠实的星光。

　　我的歌又将坐在你眼睛的瞳仁里，将你的视线带入万物的心里。

　　当我的声音因死亡而沉寂时，我的歌仍将在你活泼泼的心中唱着。

孩子天使

　　他们喧哗争斗,他们怀疑失望,他们辩论而没有结果。

　　我的孩子,让你的生命到他们当中去,如一线镇定而纯洁之光,使他们愉悦而沉默。

　　他们的贪心和妒忌是残忍的;他们的话,好像暗藏的刀,渴欲饮血。

　　我的孩子,去,去站在他们愤懑的心中,把你的和善的眼光落在他们上面,好像那傍晚的宽宏大量的和平,覆盖着日间的骚扰一样。

　　我的孩子,让他们望着你的脸,因此能够知道一切事物的意义;让他们爱你,因此他们能够相爱。

　　来,坐在无垠的胸膛上,我的孩子。朝阳出来时,开放而且抬起你的心,像一朵盛开的花;夕阳落下时,低下你的头,默默地做完这一天的礼拜。

最后的买卖

早晨,我在石铺的路上走时,我叫道:"谁来雇用我呀?"
皇帝坐着马车,手里拿着剑走来。
他拉着我的手,说道:"我要用权力来雇用你。"
但是他的权力算不了什么,他坐着马车走了。

正午炎热的时候,家家户户的门都闭着。
我沿着弯曲的小巷走去。
一个老人带着一袋金钱走出来。
他斟酌了一下,说道:"我要用金钱来雇用你。"
他一个一个地数着他的钱,但我却转身离去了。

黄昏了,花园的篱上满开着花。
美人走出来,说道:"我要用微笑来雇用你。"
她的微笑黯淡了,化成泪容了,她孤寂地回身走进黑暗里去。

太阳照耀在沙地上,海波任性地浪花四溅。

一个小孩坐在那里玩贝壳。

他抬起头来,好像认识我似的,说道:"我雇你不用什么东西。"

从此以后,在这个小孩的游戏中做成的买卖,使我成了一个自由的人。

同学们,为什么在这个小孩的游戏中做成的买卖,使"我"成了一个自由的人?请说说你的看法。

飞鸟集

一九二二年版《飞鸟集》例言

译诗是一件最不容易的工作。原诗音节的保留固然是绝不可能的事！就是原诗意义的完全移植，也有十分的困难。散文诗算是最容易译的，但有时也须费十分的力气。如惠德曼（Walt Whitman）的《草叶集》便是一个例子。这有两个原因：

第一，有许多诗中特用的美丽文句，差不多是不能移动的。在一种文字里，这种字眼是"诗的"，是"美的"，如果把它移植在第二种文字中，不是找不到相当的好字，便是把原意丑化了，变成非"诗的"了。在泰戈尔的《人格论》中，曾讨论到这一层。他以为诗总是要选择那"有生气的"字眼，——就是那些不仅仅为报告用而能融化于我们心中，不因市井常用而损坏它的形式的字眼。譬如在英文里，"意识"（consciousness）这个词，带有多少科学的意义，所以诗中不常用它。印度文的同义词 chetana 则是一个"有生气"而常用于诗歌里的词。又如英文的"感情"(feeling)这个词是充满了生命的,但孟加拉文里的同义词 anubhuti 则诗中绝无用之者。在这些地方,译诗的人实在感到万分的困难。

第二,诗歌的文句总是含蓄的,暗示的。他的句法的构造,多简短而含义丰富。有的时候,简直不能译。如直译,则不能达意。如稍加诠释,则又把原文的风韵与含蓄完全消灭,而使之不成一首诗了。

因此,我主张诗集的介绍,只应当在可能的范围选择,而不能——也不必——完全整册地搬运过来。

大概诗歌的选译,有两个方便的地方:

第一,选择可以适应译者的兴趣。在一本诗集中的许多诗,译者未必都十分喜欢它。如果不十分喜欢它,不十分感觉到它的美好,则他的译文必不能十分得神,至少也把这快乐的工作变成一种无意义的苦役。选译则可以减灭译者的这层痛苦。

第二,便是减少上述的两层翻译上的困难。因为如此便可以把不能译的诗,不必译出来。译出来而且化了或是为读者所看不懂,则反不如不译的好。

但我并不是在这里宣传选译主义。诗集的全选,是我所极端希望而且欢迎的。不过这种工作应当让给那些有全译能力的译者去做。我为自己的兴趣与能力所限制，实在不敢担任这种重大的工作。且为大多数的译者计，我也主张选译是较好的一种译诗方法。

现在我译泰戈尔的诗，便实行了这种选译的主张，以前我也有全译泰戈尔各诗集的野心。有好些友人也极力劝我把它们全译出来。我试了几次。但我的野心与被大家鼓起的勇气，终于被我的能力与兴趣打败了。

现在所译的泰戈尔各集的诗，都是我最喜欢读的，而且是我的能力比较能够译得出的。

有许多诗，我自信是能够译得出的，但因为自己翻译它们的兴趣不大强烈，便不高兴去译它们。还有许多诗我是很喜欢读它们，而且是极愿意把它们译出来的。但因为自己能力的不允许，便也只好舍弃了它们。

即在这些译出的诗中，有许多也是自己觉得译得不好，心中很不满意的。但实在不忍再割舍它们了。只好请读者赏读它的原意，不必注意于粗陋的译文。

泰戈尔的诗集用英文出版的共有六部：

（一）《园丁集》（*Gardener*）

（二）《吉檀迦利》（*Jitanjali*）

（三）《新月集》（*Crescent Moon*）

（四）《采果集》（*Fruit-Gathering*）

（五）《飞鸟集》（*Stray Birds*）

（六）《爱者之贻与歧路》（*Lover's Gift And Grossing*）

但据 B.K.Roy 的《泰戈尔与其诗》（*R.Tagore：The Man And His Poetry*）一书上所载，他用孟加拉文写的重要诗集，却有下面的许多种：

Sandhva Sangit，*Kshanika*，

Probhat Sangit，*Kanika*，

Bhanusingher Padabali，*Kahini*，

Chabi O Gan，*Sishn*，

Kari O Komal，*Naibadya*，

Prakritir Pratisodh，*Utsharga*，

Sonartari，*Kheya*，

Chaitali，*Gitanzali*，

Kalpana，*Gitimalya*，

Katha.

我的这几本诗选，是根据那六部用英文写的诗集译下来的。因为我不懂梵文。

在这几部诗集中，间有重出的诗篇，如《海边》

一诗，已见于《新月集》中，而又列入《吉檀迦利》，排为第六十首。《飞鸟集》的第九十八首，也与同集中的第二百六十三首相同。像这一类的诗篇，都照先见之例，把它列入最初见的地方。

我的译文自信是很忠实的。误解的地方，却也保不定完全没有。如读者偶有发现，肯公开地指教我，那是我所异常欢迎的。

郑振铎

一九二二年六月二十六日

一九三三年版本序

  《飞鸟集》曾经全译出来一次，因为我自己的不满意，所以又把它删节为现在的选译本①。以前，我曾看见有人把这诗集选译过，但似乎错得太多，因此我译时不曾拿它来参考。

  近来小诗十分发达。它们的作者大半都是直接或间接受泰戈尔此集的影响的。此集的介绍，对于没有机会得读原文的，至少总有些贡献。

  这诗集的一部分译稿是积了许多时候的，但大部分却都是在西湖俞楼译的。

  我在此谢谢叶圣陶、徐玉诺二君。他们替我很仔细地校读过这部译文，并且供给了许多重要的意见给我。

郑振铎

一九三三年六月二十六日

---

① 本书所选《飞鸟集》为增补完备的全译本。

1

夏天的飞鸟,飞到我的窗前唱歌,又飞去了。

秋天的黄叶,它们没有什么可唱,只叹息一声,飞落在那里。

2

世界上的一队小小的漂泊者呀,请留下你们的足印在我的文字里。

3

世界对着它的爱人,把它浩瀚的面具揭下了。

它变小了,小如一首歌,小如一回永恒的接吻。

4

是大地的泪点,使她的微笑保持着青春不谢。

5

　　无垠的沙漠热烈追求一叶绿草的爱,她摇摇头笑着飞开了。

6

　　如果你因失去了太阳而流泪,那么你也将失去群星了。

7

　　跳舞着的流水呀,在你途中的泥沙,要求你的歌声,你的流动呢。你肯挟跛足的泥沙而俱下么?

8

　　她的热切的脸,如夜雨似的,搅扰着我的梦魂。

9

　　有一次,我们梦见大家都是不相识的。
　　我们醒了,却知道我们原是相亲相爱的。

10

忧思在我的心里平静下去,正如暮色降临在寂静的山林中。

11

有些看不见的手指,如懒懒的微飔似的,正在我的心上奏着潺湲的乐声。

12

"海水呀,你说的是什么?"
"是永恒的疑问。"
"天空呀,你回答的话是什么?"
"是永恒的沉默。"

13

静静地听,我的心呀,听那世界的低语,这是它对你求爱的表示呀。

14

创造的神秘,有如夜间的黑暗——是伟大的,而知识的幻影却不过如晨间之雾。

15

不要因为峭壁是高的,便让你的爱情坐在峭壁上。

16

我今晨坐在窗前,世界如一个路人似的,停留了一会儿,向我点点头又走过去了。

17

这些微思,是树叶的簌簌之声呀;它们在我的心里欢悦地微语着。

18

你看不见你自己,你所看见的只是你的影子。

19

神呀，我的那些愿望真是愚傻呀，它们杂在你的歌声中喧叫着呢。

让我只是静听着吧。

20

我不能选择那最好的。

是那最好的选择我。

21

那些把灯背在背上的人，把他们的影子投到了自己前面。

22

我的存在，对我是一个永久的神奇，这就是生活。

23

"我们萧萧的树叶都有声响回答那风和雨。你是谁呢,那样地沉默着?"

"我不过是一朵花。"

24

休息与工作的关系,正如眼睑与眼睛的关系。

25

人是一个初生的孩子,他的力量,就是生长的力量。

26

神希望我们酬答他,在于他送给我们的花朵,而不在于太阳和土地。

27

光明如一个裸体的孩子,快快活活地在绿叶当中游戏，它不知道人是会欺诈的。

28

啊，美呀，在爱中找你自己吧，不要到你镜子的谄谀中去找寻。

29

我的心把她的波浪在世界的海岸上冲击着，以热泪在上边写着她的题记："我爱你。"

30

"月儿呀，你在等候什么呢？"
"向我将让位给他的太阳致敬。"

31

绿树长到了我的窗前，仿佛是喑哑的大地发出的渴望的声音。

32

神自己的清晨，在他自己看来也是新奇的。

33

生命从世界得到资产，爱情使它得到价值。

34

枯竭的河床，并不感谢它的过去。

35

鸟儿愿为一朵云。

云儿愿为一只鸟。

36

瀑布歌唱道："我得到自由时便有了歌声了。"

37

我说不出这心为什么那样默默地颓丧着。

是为了它那不曾要求,不曾知道,不曾记得的小小的需求。

38

妇人,你在料理家务的时候,你的手足歌唱着,正如山间的溪水歌唱着在小石中流过。

39

当太阳横过西方的海面时,对着东方留下他的最后的敬礼。

40

不要因为你自己没有胃口而去责备你的食物。

41

群树如表示大地的愿望似的,踮起脚来向天空窥望。

42

你微微地笑着,不同我说什么话。而我觉得,为了这个,我已等待得久了。

43

水里的游鱼是沉默的,陆地上的兽类是喧闹的,空中的飞鸟是歌唱着的。

但是,人类却兼有海里的沉默、地上的喧闹与空中的音乐。

44

世界在踌躇之心的琴弦上跑过去,奏出忧郁的乐声。

45

他把他的刀剑当作他的上帝。

当他的刀剑胜利的时候,他自己却失败了。

46

神从创造中找到他自己。

47

"阴影"戴上她的面幕,秘密地、温顺地,用她的沉默的爱的脚步,跟在"光"后边。

48

群星不怕显得像萤火虫那样。

49

谢谢神,我不是一个权力的轮子,而是被压在这轮子下的活人之一。

50

　　心是尖锐的,不是宽博的,它执着在每一点上,却并不活动。

51

　　你的偶像委散在尘土中了,这可证明神的尘土比你的偶像还伟大。

52

　　人不能在他的历史中表现出他自己,他在历史中奋斗着露出头角。

53

　　玻璃灯因为瓦灯叫它做表兄而责备瓦灯。但明月出来时,玻璃灯却温和地微笑着,叫明月为"我亲爱的,亲爱的姊姊。"

54

我们如海鸥之与波涛相遇似的,遇见了,走近了。海鸥飞去,波涛滚滚地流开,我们也分别了。

55

我的白昼已经完了,我像一只泊在海滩上的小船,谛听着晚潮跳舞的乐声。

56

我们的生命是天赋的,我们唯有献出生命,才能得到生命。

57

当我们大为谦卑的时候,便是我们最接近伟大的时候。

58

麻雀看见孔雀负担着它的翎尾,替它担忧。

59

决不要害怕刹那——永恒之声这样唱着。

60

飓风于无路之中寻求最短之路,又突然地在"无何有之国"终止了它的追求。

61

在我自己的杯中,饮了我的酒吧,朋友。

一倒在别人的杯里,这酒的腾跳的泡沫便要消失了。

62

"完全"为了对"不全"的爱,把自己装饰得美丽。

63

神对人说:"我医治你,所以伤害你;我爱你,所以惩罚你。"

64

谢谢火焰给你光明,但是不要忘了那执灯的人,他坚忍地站在黑暗当中呢。

65

小草呀,你的足步虽小,但是你拥有你足下的土地。

66

幼花的蓓蕾开放了,它叫道:"亲爱的世界呀,请不要萎谢了。"

67

神对于那些大帝国会感到厌恶,却决不会厌恶那些小小的花朵。

68

错误经不起失败,但是真理却不怕失败。

69

瀑布歌唱道:"虽然渴者只要少许的水便够了,我却很快活地给予了我的全部的水。"

70

把那些花朵抛掷上去的那一阵子无休无止的、狂欢大喜的劲儿，其源泉是在哪里呢？

71

樵夫的斧头，问树要斧柄。

树便给了他。

72

这寂独的黄昏，幕着雾与雨，我在我心的孤寂里，感觉到它的叹息。

73

贞操是从丰富的爱情中生出来的财富。

74

雾，像爱情一样，在山峰的心上游戏，生出种种美丽的变幻。

75

我们把世界看错了,反说它欺骗我们。

76

诗人——飙风,正出经海洋森林,追求它自己的歌声。

77

每一个孩子出生时都带来信息说:神对人并未灰心失望。

78

绿草求她地上的伴侣。
树木求他天空的寂寞。

79

人对他自己建筑起堤防来。

80

我的朋友,你的语声飘荡在我的心里,像那海水的低吟声绕缭在静听着的松林之间。

81

这个不可见的黑暗之火焰,以繁星为其火花的,到底是什么呢?

82

使生如夏花之绚烂,死如秋叶之静美。

83

那想做好人的,在门外敲着门;那爱人的,看见门敞开着。

84

在死的时候,众多合而为一,在生的时候,一化为众多。

神死了的时候，宗教便将合而为一。

85

艺术家是自然的情人，所以他是自然的奴隶，也是自然的主人。

86

"你离我有多远呢，果实呀？"
"我藏在你心里呢，花呀。"

87

这个渴望是为了那个在黑夜里感觉得到，在大白天里却看不见的人。

88

露珠对湖水说道："你是在荷叶下面的大露珠，我是在荷叶上面的较小的露珠。"

89

刀鞘保护刀的锋利,它自己则满足于它的迟钝。

90

在黑暗中,"一"视若一体;在光亮中,"一"便视若众多。

91

大地借助于绿草,显出她自己的殷勤好客。

92

绿叶的生与死乃是旋风急速的旋转,它更广大的旋转的圈子乃是在天上繁星之间徐缓的转动。

93

权势对世界说道:"你是我的。"
世界便把权势囚禁在她的宝座下面。

爱情对世界说道:"我是你的。"

世界便给予爱情以在她屋内来往的自由。

94

浓雾仿佛是大地的愿望。

它藏起了太阳,而太阳原是她所吁求的。

95

安静些吧,我的心,这些大树都是祈祷者呀。

96

瞬刻的喧声讥笑着永恒的音乐。

97

我想起了浮泛在生与爱与死的川流上的许多别的时代,以及这些时代之被遗忘,我便感觉到离开尘世的自由了。

98

我灵魂里的忧郁就是她新婚的面纱。
这面纱等候着在夜间卸去。

99

死之印记给生的钱币以价值,使它能够用生命来购买那真正的宝物。

100

白云谦逊地站在天之一隅。
晨光给它戴上霞彩。

101

尘土受到损辱,却以她的花朵来报答。

102

只管走过去,不必逗留着采了花朵来保存,因为一路上花朵自会继续开放的。

103

根是地下的枝。

枝是空中的根。

104

远远去了的夏之音乐,翱翔于秋间,寻求它的旧垒。

105

不要从你自己的袋里掏出勋绩借给你的朋友,这是污辱他的。

106

无名的日子的感触,攀缘在我的心上,正像那绿色的苔藓,攀缘在老树的周身。

107

回声嘲笑她的原声,以证明她是原声。

108

当富贵利达的人夸说他得到神的特别恩惠时,神却羞了。

109

我投射我自己的影子在我的路上,因为我有一盏还没有燃点起来的明灯。

110

人走进喧哗的群众里去,为的是要淹没他自己的沉默的呼号。

111

终止于衰竭是"死亡",但"圆满"却终止于无穷。

112

太阳只穿一件朴素的光衣,白云却披了灿烂的裙裾。

113

山峰如群儿之喧嚷,举起他们的双臂,想去捉天上的星星。

114

道路虽然拥挤,却是寂寞的,因为它是不被爱的。

115

权势以它的恶行自夸,落下的黄叶与浮游的云片却在笑它。

116

今天大地在太阳光里向我营营哼鸣,像一个织着布的妇人,用一种已经被忘却的语言,哼着一些古代的歌曲。

117

绿草是无愧于它所生长的伟大世界的。

118

梦是一个一定要谈话的妻子。
睡眠是一个默默忍受的丈夫。

119

夜与逝去的日子接吻,轻轻地在他耳旁说道:"我是死亡,是你的母亲。我就要给你以新的生命。"

120

黑夜呀,我感觉到你的美了。你的美如一个可爱的妇人,当她把灯灭了的时候。

121

我把在那些已逝去的世界上的繁荣带到我的世界上来。

122

亲爱的朋友呀,当我静听着海涛时,我好几次在暮色深沉的黄昏里,在这个海岸上,感到你的伟大思想的沉默了。

123

鸟以为把鱼举在空中是一种慈善的举动。

124

夜对太阳说道:"在月亮中,你送了你的情书给我。"

"我已在绿草上留下我的流着泪点的回答了。"

125

伟人是一个天生的孩子,当他死时,他把他的伟大的孩提时代给了世界。

126

不是槌的打击,乃是水的载歌载舞,使鹅卵石臻于完美。

127

蜜蜂从花中啜蜜,离开时嘤嘤地道谢。
浮华的蝴蝶却相信花是应该向它道谢的。

128

如果你不等待着要说出完全的真理,那么把真话说出来是很容易的。

129

"可能"问"不可能"道:"你住在什么地方呢?"
它回答道:"在那无能为力者的梦境里。"

130

如果你把所有的错误都关在门外时,真理也要被关在门外面了。

131

我听见有些东西在我心的忧闷后面萧萧作响——我不能看见它们。

132

闲暇在动作时便是工作。
静止的海水荡动时便成波涛。

133

绿叶恋爱时便成了花。
花崇拜时便成了果实。

134

埋在地下的树根使树枝产生果实,却不要什么报酬。

135

阴雨的黄昏,风无休止地吹着。
我看着摇曳的树枝,感念着万物的伟大。

136

子夜的风雨,如一个巨大的孩子,在不合时宜的黑夜里醒来,开始游戏和喧闹。

137

海呀,你这暴风雨的孤寂的新妇呀,你虽掀起波浪追随你的情人,但是无用呀。

138

文字对工作说道:"我惭愧我的空虚。"

工作对文字说道:"当我看见你时,我便知道我是怎样的贫乏了。"

139

时间是变化的财富。时钟模仿它,却只有变化而无财富。

140

真理穿了衣裳,觉得事实太拘束了。
在想象中,她却转动得很舒畅。

141

当我到这里那里旅行着时,路呀,我厌倦你了;但是现在,当你引导我到各处去时,我便爱上你,与你结婚了。

142

让我设想,在群星之中,有一颗星是指导着我的生命通过不可知的黑暗的。

143

妇人,你用了你美丽的手指,触着我的什物,秩序便如音乐似的生出来了。

144

一个忧郁的声音,筑巢于逝水似的年华中。
它在夜里向我唱道:"我爱你。"

145

燃着的火,以它熊熊的光焰警告我不要走近它。
把我从潜藏在灰中的余烬里救出来吧。

146

我有群星在天上,但是,唉,我屋里的小灯却没有点亮。

147

死文字的尘土沾着你。
用沉默去洗净你的灵魂吧。

148

生命里留了许多罅隙,从中送来了死之忧郁的音乐。

149

世界已在早晨敞开了它的光明之心。
出来吧,我的心,带着你的爱去与它相会。

150

我的思想随着这些闪耀的绿叶而闪耀;我的心灵因了这日光的抚触而歌唱;我的生命因为偕了万物一同浮泛在空间的蔚蓝、时间的墨黑而感到欢快。

151

神的巨大的威权是在柔和的微风里,而不在狂风暴雨之中。

152

在梦中,一切事都散漫着,都压着我,但这不过是一个梦呀。

但我醒来时,我便将觉得这些事都已聚集在你那里,我也便将自由了。

153

落日问道:"有谁继续我的职务呢?"

瓦灯说道:"我要尽我所能地做去,我的主人。"

154

采着花瓣时,得不到花的美丽。

155

沉默蕴蓄着语声，正如鸟巢拥围着睡鸟。

156

大的不怕与小的同游。

居中的却远而避之。

157

夜秘密地把花开放了，却让白日去领受谢词。

158

权势认为牺牲者的痛苦是忘恩负义。

159

当我们以我们的充实为乐时，那么，我们便能很快乐地跟我们的果实分手了。

160

雨点吻着大地,微语道:"我们是你的思家的孩子,母亲,现在从天上回到你这里来了。"

161

蛛网好像要捉露珠,却捉住了苍蝇。

162

爱情呀!当你手里拿着点亮了的痛苦之灯走来时,我能够看见你的脸,而且以你为幸福。

163

萤火对天上的星说道:"学者说你的光明总有一天会消灭的。"

天上的星不回答他。

164

在黄昏的微光里,有那清晨的鸟儿来到了我的沉默的鸟巢里。

165

思想掠过我的心上,如一群野鸭飞过天空。
我听见它们鼓翼之声了。

166

沟洫总喜欢想:河流的存在,是专为它供给水流的。

167

世界以它的痛苦同我接吻,而要求歌声作报酬。

168

压迫着我的,到底是我想要外出的灵魂呢,还是那世界的灵魂,敲着我心的门,想要进来呢?

169

思想以他自己的语言喂养它自己,而成长起来了。

170

我把我心之碗轻轻浸入这沉默之时刻中,它盛满了爱。

171

或者你在工作,或者你没有。

当你不得不说"让我们做些事吧"时,那么就要开始胡闹了。

172

向日葵羞于把无名的花朵看作它的同胞。

太阳升上来了,向它微笑,说道:"你好么,我的宝贝儿?"

173

"谁如命运似的催着我向前走呢?"

"那是我自己,在身背后大跨步走着。"

174

云把水倒在河的水杯里,它们自己却藏在远山之中。

175

我一路走去,从我的水瓶中漏出水来。

只剩下极少极少的水供我回家使用。

176

杯中的水是光辉的;海中的水却是黑色的。

小理可以用文字来说清楚,大理却只有沉默。

177

你的微笑是你自己田园里的花,你的谈吐是你自己山上的松林的萧萧；但是你的心呀，却是那个女人，那个我们全都认识的女人。

178

我把小小的礼物留给我所爱的人——大的礼物却留给一切的人。

179

妇人呀，你用泪海包绕着世界的心，正如大海包绕着大地。

180

太阳以微笑向我问候。

雨，它的忧郁的姊姊，向我的心谈话。

181

我的昼间之花，落下它那被遗忘的花瓣。

在黄昏中，这花成熟为一颗记忆的金果。

182

我像那夜间之路,正静悄悄地谛听着记忆的足音。

183

黄昏的天空,在我看来,像一扇窗户,一盏灯火,灯火背后的一次等待。

184

太急于做好事的人,反而找不到时间去做好人。

185

我是秋云,空空地不载着雨水,但在成熟的稻田中,可以看见我的充实。

186

他们嫉妒,他们残杀,人反而称赞他们。
然而上帝却害了羞,匆匆地把他的记忆埋藏在绿草下面。

187

脚趾乃是舍弃了其过去的手指。

188

黑暗向光明旅行,但是盲者却向死亡旅行。

189

小狗疑心大宇宙阴谋篡夺它的位置。

190

静静地坐着吧,我的心,不要扬起你的尘土。
让世界自己寻路向你走来。

191

弓在箭要射出之前,低声对箭说道:"你的自由就是我的自由。"

192

妇人,在你的笑声里有着生命之泉的音乐。

193

全是理智的心,恰如一柄全是锋刃的刀。
它叫使用它的人手上流血。

194

神爱人间的灯光甚于他自己的大星。

195

这世界乃是为美之音乐所驯服了的狂风骤雨的世界。

196

晚霞向太阳说道:"我的心经了你的接吻,便似金的宝箱了。"

197

接触着,你许会杀害;远离着,你许会占有。

198

蟋蟀的唧唧,夜雨的淅沥,从黑暗中传到我的耳边,好似我已逝的少年时代,沙沙地来到我的梦境中。

199

花朵向星辰落尽了的曙天叫道:"我的露珠全失落了。"

200

燃烧着的木块,熊熊地生出火光,叫道:"这是我的花朵,我的死亡。"

201

黄蜂认为邻蜂储蜜之巢太小。

它的邻人要它去建筑一个更小的。

202

河岸向河流说道:"我不能留住你的波浪。让我保存你的足印在我的心里吧。"

203

白日以这小小的地球的喧扰,淹没了整个宇宙的沉默。

204

歌声在天空中感到无限,图画在地上感到无限,诗呢,无论在空中,在地上都是如此。

因为诗的词句含有能走动的意义与能飞翔的音乐。

205

太阳在西方落下时,它的早晨的东方已静悄悄地站在它面前。

206

让我不要错误地把自己放在我的世界里而使它反对我。

207

荣誉使我感到惭愧,因为我暗地里求着它。

208

当我没有什么事做时,便让我不做什么事,不受骚扰地沉入安静深处吧,一如海水沉默时海边的暮色。

209

少女呀,你的纯朴,如湖水之碧,表现出你的真理之深邃。

210

最好的东西不是独来的。
它伴了所有的东西同来。

211

神的右手是慈爱的,但是他的左手却可怕。

212

我的晚色从陌生的树木中走来,它用我的晓星所不懂得的语言说话。

213

夜之黑暗是一只口袋,迸出黎明的金光。

214

我们的欲望,把彩虹的颜色,借给那只不过是云雾的人生。

215

神等待着,要从人的手上,把他自己的花朵作为礼物赢回去。

216

我的忧思缠绕着我,要问我,它自己的名字。

217

果实的事业是尊贵的,花的事业是甜美的;但是让我做叶的事业吧,叶是谦逊地、专心地垂着绿荫的。

218

我的心向着阑珊的风张了帆,要到无论何处的阴凉之岛去。

219

独夫们是凶暴的,但人民是善良的。

220

把我当作你的杯吧,让我为了你,而且为了你的人而盛满水吧。

221

  狂风暴雨像是在痛苦中的某个天神的哭声,因为他的爱情被大地所拒绝。

222

  世界不会流失,因为死亡并不是一个罅隙。

223

  生命因为付出了的爱情而更为富足。

224

  我的朋友,你伟大的心闪射出东方朝阳的光芒,正如黎明中的一个积雪的孤峰。

225

  死之流泉,使生的止水跳跃。

226

那些有一切东西而没有您的人,我的神啊,在讥笑着那些没有别的东西而只有您的人呢。

227

生命的运动在它自己的音乐里得到它的休息。

228

踢腿只能从地上扬起尘土而不能得到收获。

229

我们的名字,便是夜里海波上发出的光,痕迹也不留地就泯灭了。

230

让睁眼看着玫瑰花的人也看看它的刺。

231

鸟翼上系上了黄金，这鸟便永不能再在天上翱翔了。

232

我们地方的荷花又在这陌生的水上开了花，放出同样的清香，只是名字换了。

233

在心的远景里，那相隔的距离显得更广阔了。

234

月儿把她的光明遍照在天上，却留着她的黑斑给她自己。

235

不要说：“这是早晨”，别用一个“昨天”的名词把它打发掉。

把它当作你第一次看到的还没有名字的新生孩子吧。

236

青烟对天空夸口,灰烬对大地夸口,都以为它们是火的兄弟。

237

雨点向茉莉花微语道:"把我永久地留在你的心里吧。"

茉莉花叹息了一声,落在地上了。

238

腆怯的思想呀,不要怕我。

我是一个诗人。

239

我的心在朦胧的沉默里,似乎充满了蟋蟀的鸣声——声音的灰暗的暮色。

240

爆竹呀,你对群星的侮蔑,又跟着你自己回到地上来了。

241

您曾经带领着我,穿过我的白天的拥挤不堪的旅程,而到达了我的黄昏的孤寂之境。

在通宵的寂静里,我等待着它的意义。

242

我们的生命就似渡过一个大海,我们都相聚在这个狭小的舟中。

死时,我们便到了岸,各往各的世界去了。

243

真理之川从它的错误之沟渠中流过。

244

今天我的心是在想家了,在想着那跨过时间之海的那一个甜蜜的时候。

245

鸟的歌声是曙光从大地反响过去的回声。

246

晨光问毛茛道:"你是骄傲得不肯和我接吻吗?"

247

小花问道:"我要怎样地对你唱,怎样地崇拜你呢,太阳呀?"

太阳答道:"只要用你的纯洁的素朴的沉默。"

248

当人是兽时,他比兽还坏。

249

黑云受光的接吻时便变成天上的花朵。

250

不要让刀锋讥笑它柄子的拙钝。

251

夜的沉默,如一个深深的灯盏,银河便是它燃着的灯光。

252

死像大海的无限的歌声,日夜冲击着生命的光明岛的四周。

253

花瓣似的山峰在饮着日光,这山岂不像一朵花吗?

254

"真实"的含义被误解,轻重被倒置,那就成了"不真实"。

255

我的心呀,从世界的流动找你的美吧,正如那小船得到风与水的优美似的。

256

眼不能以视来骄人,却以它们的眼镜来骄人。

257

我住在我的这个小小的世界里,生怕使它再缩小一丁点儿了。

把我抬举到您的世界里去吧,让我高高兴兴地失去我的一切的自由。

258

虚伪永远不能凭借它生长在权力中而变成真实。

259

我的心,同着它的歌的拍子拍拍舐岸的波浪,渴望着要抚爱这个阳光熙和的绿色世界。

260

道旁的草,爱那天上的星吧,你的梦境便可在花朵里实现了。

261

让你的音乐如一柄利刃,直刺入市井喧扰的心中吧。

262

这树的颤动之叶,触动着我的心,像一个婴儿的手指。

263

小花睡在尘土里。

它寻求蛱蝶走的道路。

264

我是在道路纵横的世界上。

夜来了。打开您的门吧,家之世界呵!

265

我已经唱过了您的白天的歌。

在黄昏的时候,让我拿着您的灯走过风雨飘摇的道路吧。

266

我不要求你进我的屋里。

你且到我无量的孤寂里来吧,我的爱人!

267

死亡隶属于生命,正与生一样。

举足是走路,正如落足也是走路。

268

我已经学会在花与阳光里微语的意义——再教我明白你在苦与死中所说的话吧。

269

夜的花朵来晚了,当早晨吻着她时,她战栗着,叹息了一声,萎落在地上了。

270

从万物的愁苦中,我听见了"永恒母亲"的呻吟。

271

大地呀,我到你岸上时是一个陌生人,住在你屋内时是一个宾客，离开你的门时是一个朋友。

272

当我去时，让我的思想到你那里来，如那夕阳的余光，映在沉默的星天的边上。

273

在我的心头燃点起那休憩的黄昏星吧，然后让黑夜向我微语着爱情。

274

我是一个在黑暗中的孩子。

我从夜的被单里向您伸出我的双手，母亲。

275

白天的工作完了。

把我的脸掩藏在您的臂间吧，母亲。

让我入梦吧。

276

集会时的灯光，点了很久，会散时，灯便立刻灭了。

277

当我死时，世界呀，请在你的沉默中，替我留着"我已经爱过了"这句话吧。

278

我们在热爱世界时，便生活在这世界上。

279

让死者有那不朽的名，但让生者有那不朽的爱。

280

我看见你，像那半醒的婴孩在黎明的微光里看见他的母亲，于是微笑而又睡去了。

281

我将死了又死,以明白生是无穷无尽的。

282

当我和拥挤的人群一同在路上走过时,我看见您从阳台上送过来的微笑,我歌唱着,忘却了所有的喧哗。

283

爱就是充实了的生命,正如盛满了酒的酒杯。

284

他们点了他们自己的灯,在他们的寺院内,吟唱他们自己的话语。

但是小鸟们却在你的晨光中,唱着你的名字——因为你的名字便是快乐。

285

领我到您的沉寂的中心，使我的心充满了歌吧。

286

让那些选择了他们自己的焰火哔哔的世界的，就生活在那里吧。

我的心渴望着您的繁星，我的上帝。

287

爱的痛苦环绕着我的一生，像汹涌的大海似的唱着，而爱的快乐却像鸟儿们在花林里似的唱着。

288

假如您愿意，您就熄了灯吧。

我将明白您的黑暗，而且将喜爱它。

289

当我在那日子的终了,站在您的面前时,您将看见我的伤疤,而知道我有我的许多创伤,但也有我的医治的法儿。

290

总有一天,我要在别的世界的晨光里对你唱道:"我以前在地球的光里,在人的爱里,已经见过你了。"

291

从别的日子里飘浮到我的生命里的黑云,不再落下雨点或引起风暴了,却只给予我的夕阳的天空以色彩。

292

真理引起了反对它自己的狂风骤雨,那场风雨吹散了真理广播的种子。

293

昨夜的风雨给今日的早晨戴上了金色的和平。

294

真理仿佛带了它的结论而来；而那结论却产生了它的第二个。

295

他是有福的，因为他的名望并没有比他的真实更光亮。

296

您的名字的甜蜜充溢着我的心，而我忘掉了我自己的——就像您的早晨的太阳升起时，那大雾便消失了。

297

静悄悄的黑夜具有母亲的美丽，而吵闹的白天具有孩子的美丽。

298

当人微笑时,世界爱了他。
但他大笑时,世界便怕他了。

299

神等待着人在智慧中重新获得童年。

300

让我感到这个世界乃是您的爱的成形吧,那么,我的爱也将帮助着它。

301

您的阳光对着我的心头的冬天微笑,从来不怀疑它的春天的花朵。

302

神在他的爱里吻着"有涯",而人却吻着"无涯"。

303

您越过不毛之年的沙漠而到达了圆满的时刻。

304

神的静默使人的思想成熟而为语言。

305

"永恒的旅客"呀,你可以在我的歌中找到你的足迹。

306

让我不致羞辱您吧,父亲,您在您的孩子们身上显出您的光荣。

307

这一天是不快活的。光在蹙额的云下,如一个被责打的儿童,灰白的脸上留着泪痕;风又号叫着,似一个受伤的世界的哭声。但是我知道,我正跋涉着去会我的朋友。

308

今天晚上,棕榈叶在嚓嚓地作响,海上有大浪,满月呵,就像世界在心脉悸跳。

从什么不可知的天空,您在您的沉默里带来了爱的痛苦的秘密?

309

我梦见一颗星,一个光明岛屿,我将在那里出生。在它快速的闲暇深处,我的生命将成熟它的事业,像秋天阳光下的稻田。

310

雨中的湿土的气息,就像从渺小的无声的群众那里来的一阵巨大的赞美歌声。

311

说爱情会失去的那句话,乃是我们不能够当作真理来接受的一个事实。

312

我们将有一天会明白,死永远不能够夺去我们的灵魂所获得的东西。因为她所获得的,和她自己是一体。

313

神在我的黄昏的微光中,带着花到我这里来。这些花都是我过去的,在他的花篮中还保存得很新鲜。

314

主呀,当我的生之琴弦都已调得谐和时,你的手的一弹一奏,都可以发出爱的乐声来。

315

让我真真实实地活着吧,我的上帝。

这样,死对于我也就成了真实的了。

316

人类的历史很忍耐地等待着被侮辱者的胜利。

317

我这一刻感到你的眼光正落在我的心上,像那早晨阳光中的沉默落在已收获的孤寂的田野上一样。

318

在这喧哗的波涛起伏的海中,我渴望着咏歌之鸟。

319

夜的序曲是开始于夕阳西下的音乐,开始于它对难以形容的黑暗所作的庄严的赞歌。

320

我攀登上高峰,发现在名誉的荒芜不毛的高处,简直找不到遮身之地。

我的引导者呵,领导着我在光明逝去之前,进到沉静的山谷里去吧,在那里,生的收获成熟为黄金的智慧。

321

在这个黄昏的朦胧里,好些东西看来都仿佛是幻象一般——尖塔的底层在黑暗里消失了,树顶像是墨水的模糊的斑点似的。

我将等待着黎明,而当我醒来的时候,就会看到在光明里的您的城市。

322

我曾经受苦过,曾经失望过,曾经体会过"死亡",于是我以我在这伟大的世界里为乐。

323

在我的一生里,也有贫乏和沉默的地域。

它们是我忙碌的日子得到日光与空气的几片空旷之地。

324

我的未完成的过去,从后边缠绕到我身上,使我难于死去。请从它那里释放了我吧。

325

"我相信你的爱。"

让这句话做我的最后的话。

园丁集（选译）

2

"呵,诗人,黄昏近了;你的头发变白了。"

"你,在孤寂地沉思时,有听见那未来的消息么?"

诗人说道:"是黄昏了,我正在静听着,因为时候虽晚,村中也许会有人在呼喊。

"我察看着,看有没有少年的漂泊的心相遇在一处,两对热望的眼,要求音乐以破他们的岑寂而为他们说话。

"如果我在生的岸上,熟思死和未来,那么有谁为他们编造热恋的歌呢?

"早出的夜星不见了。

"静悄悄的河边,一堆火葬的柴的火焰,渐渐地熄下去。

"豺狗成群地在缺月的光下,荒废之屋的天井里叫着。

"如果我闭了我的门,想要从人间的束缚里解放出来，那么，某个漂泊的人，离了家，来这里来看这个夜，低头静听黑暗里的呻吟声，谁将在他的耳旁微语那生的秘密呢？

"我头发变白是一件小事。

"我是永远的比这个村中的最少者还少，比这个村中的最老者还老的。

"有的人温和而天真地微笑着，有的人眼睛中有一种乖黠的光。

"有的人在光明处痛哭，有的人在暗地里把眼泪噙住。

"他们都是需要我的，我没有时间去深思那未来的生命。

"我是和每一个人在一个时代的，我头发白了，又有什么关系呢？"

3

早晨我把网抛海中。

我从这深渊中牵引许多奇形异状的东西——有的

如微笑的耀着，有的如泪珠的闪熠，有的如新娘双颊的红润。

当我把这天的收获带回家时，我爱正坐在花园里，懒懒地撕碎花瓣。

我踟蹰了一会儿，然后把我所取得这些东西都放在她的足边，沉默地站着。

她凝视着这些东西，说道："这些是什么奇怪东西？我不知道它们有什么用处！"

我羞得低了头，想道："我之得到它们不是由战争，也不是在市场上买来的；它们不是赠给她的适当礼物。"

后来，我在这一夜，把这些东西一件一件地都抛到街上去。

到了早晨旅客们来了；他们把这些东西拾了起来，带到远地去了。

4

唉，我呀，他们为什么把我的房子建筑在到市场去的大路旁呢？

他们把他们的货船停泊在我的树边。

他们任意地来，去，漫游着。

我坐着看望他们，我的时间消磨过去了。

我不能把他们驱开。如此地我的日子过去了。

他们的足声日夜在我们边响着。纵使我叫着"我不认识你们"，也无用处。

他们之中，有的是我手指所触知的，有的是我鼻子所嗅知的，我血管中的血液似乎认识他们，而有的却是我梦中所认识的。

我不能驱开他们。我呼唤他们道："谁要到我家里的请来吧。是的，来吧。"

在早晨，寺观里的钟鸣着。

他们手执着篮子来了。

他们的足是如玫瑰的红。黎明的曙光正照在他们的脸上。我不能驱开他们。我呼唤他们道："请到我的园里来采花。请到这里来。"

在正午，宫门的锣声响了。我不知他们为什么不去做工作，却逗留在我的篱落旁。

簪插在他们发上的花已萎枯了,他们的笛声已微弱了。

我不能驱开他们。我呼唤他们道:"我的树荫下很凉爽。请来吧,朋友们。"

在夜间,林中的蟋蟀唧唧地鸣着。徐徐地到我门旁,轻轻地敲门的是谁呢?我隐约地看他的脸,不说一句话,天空的静默到处环绕着。

我不能驱开我的沉默的客人。我从暗中凝望着他的脸,梦中的时间是过去了。

5

我是扰乱着。我是在渴求着辽远的东西。

我的灵魂跑出去,想触着朦胧的远方的边缘。

唉,伟大的前方,唉,你的笛的锐呼!

我忘记了,我竟是忘记了,我是没有飞翔的羽翼的,是永远地被束缚在这个地点的。

我是兴奋着,不能入眠,我是异地的一个客人。

你的呼吸来到我这里，微语着一个不可能的希望。

你的话是我的心所熟知的，正如它所要说的。

唉，远求者呵，唉，你的笛的锐呼呵！

我忘记了，我竟忘记了，我不知道路途，我没有那飞马。

我是疲淡了，我是一个在我心里漂泊的人。

在倦时的日光的霞雾中，你所现于蓝空中的形状是什么的莫大的幻象呀！

唉，最远的边端，唉，你的笛的锐呼！

我忘记了，我竟忘记了，我独居的房屋的门户都是关闭了的。

6

驯鸟在一个笼中，自由的鸟在森林中。

时候到了，他们便相遇了，这是命运所判定的。

自由的鸟叫道："呵，我的爱，让我们飞到林中去罢。"

笼鸟低语道："到这里来，让我们同住在笼中。"

自由的鸟叫道："在围栏之中，会有我们展翼的空间吗？"

　　笼鸟叫道："唉，我不知道在天空里有什么地方好站立。"

　　自由的鸟叫道："我爱，请唱林地的歌。"

　　笼鸟说道："请坐在我身旁，我将教你以我所学来的话。"

　　自由的鸟叫道："不，唉，不，歌是不能够教的。"

　　笼鸟说道："唉，我却不知道林地的歌。"

　　他们的爱是浓热的，但是他们不能够比翼而飞。

　　他们从笼的围栏中互望着，他们想互相了解而不能。

　　他们想恋地拍着双翼，唱道："靠近些，我爱！"

　　自由的鸟叫道："不能够，我怕那笼的紧闭的门。"

　　笼鸟低语道："唉，我的双翼是无力，是死了。"

7

　　啊，母亲，少年王子是要经过我们的门口了——
我今晨怎么能够安心做事呢？

指示我要怎样梳辫起我的黑发；告诉我要把什么衣饰穿戴上。

你为什么惊奇地看着我，母亲？

我深知道他不曾向我窗口望一望的；我知道他经过此地时，不过眼光一瞥便要走过去了，仅仅的那消曳着的笛声从远处悲抑地传到我这里来。

但那少年王子是要经过我们的门口的，而我这时也是要把我最好的衣饰穿戴起来的。

啊，母亲，少年王子竟从我们的门口经过了，晨光映射得他的车发亮。

我把脸上的面网卸下了，我把颈上的红宝石圈除下来，抛在他走过的路中。

你为什么惊诧地看着我，母亲？

我深知道他是不会拾起我的宝石圈的；我知道这圈子被他的车轮所压碎而留下一缕红痕在尘土中，没有人知道我的礼物是什么，且没有人知道我这礼物是送给谁的。

但那少年王子已经过我们的门口了，我已从我胸中摘下宝石圈抛在他走过的路上了。

8

当我床边的灯熄了时,我和晨鸟同醒了。

我坐在洞开的窗口,戴着新鲜的花冠在我的散发上。

少年旅客在清晨的玫瑰色的雾中沿着这条路走来。

他的颈上挂着一串珠链,日光正照在他的冠上。他在我门前停步了,热切地唤道:"她在哪里?"

因为十分害羞,我不能说道:"她就是我,少年的旅客呀,她就是我。"

是黄昏了,灯火还未点亮。

我正在懒懒地梳辫我的黑发。

少年旅客在夕阳的光照中坐了车来了。

他的马吐着沫,他的衣上有了灰尘。

他在我的门前下了车,倦声问道:"她在哪里?"

因为十分害羞,我不能说道:"她就是我,劳倦的旅客呀,她就是我。"

一个四月的夜里,我房里的灯正亮着。

南方的微飔正轻轻地吹拂着。喧扰的鹦鹉在笼中睡着了。

我的内衣是似孔雀喉毛的颜色，我的外衣是嫩草一般的绿。

我坐在窗旁的地板上，凝望着无人过往的街道。

黑夜里，我不断地呻唔道："她就是我，绝望的旅客呀，她就是我。"

9

当我夜里独自赴爱人的约会时，鸟不嘤鸣了，风也不吹拂了，街道两旁的房屋也静悄悄地站着。

这是我自己的足环，一步一步地鸣响着，我是害羞呀。

当我坐在我的游廊里，静听他的足声，萧萧的树叶不响了。河中的水也静止着，如一个放在膝上而沉睡着的哨卒一般。

这是我自己的心突突地跳着——我不知怎样才能使我安静呀。

我的爱人来了,坐在我的身旁,当我的身体发颤,我的眼帘下垂时,夜已黑了,风把灯吹熄了,云也拉了帷幕把星遮蔽了。

这是我自己胸前的宝石照耀着发光呀。我不知道怎样地把它遮隐起来。

10

放下你的工作罢,新娘。听呀,客人已经来了。

你没听见么,他正轻轻地在摇那紧固房门的链子?

看看你的足环不要响得太高,你去见他时足步也不要太快。

放下你的工作罢,新娘,客人已经在黄昏里走来了。

不,这不是鬼风,新娘,不要怕。

这是四月的夜的圆月;影儿淡淡地晒在天井里;顶上的天空是明朗的。

如果你必须把面网戴上,便戴上了罢,如果你害怕,便带灯到门口罢。

不,这不是鬼风,新娘,不要怕。

如果你害羞,便不要与他说话;当你去会他的时候,只站在门边罢。

如果他问你什么问题,如果你愿意,你便可默默地垂下你的眼睛。

当你手执着灯,领他进来时,不要让你的手镯叮当地响着。

如果你害怕,便不要和他说话。

你的工作还没有完么,新娘?听呀,客人已经来了。
牛棚里的灯你没有点么?
晚祷的祭篮你没有预备好么?
红色的吉记,你没有戴在辫发上么,晚装没有好么?
啊,新娘,你听见了么,客人已经来了?
放下你的工作罢!

11

便是这样地走来罢;不要稽延在妆台边罢。

如果你的辫子松散了,如果你的发路不整齐,如果你的内衣的束带没有系紧,都不必在意。

便是这样地走来罢;不要稽延在妆台边罢。

来，用快步走过草地。

如果因为露水而你的足变成赭红色了，如果你足上的铃环松弛了，如果你颈链上的明珠脱落了，都不必在意。

来，用快步走过草地。

你没看见云块正弥漫着天空么？

一群群的鹭鸶从对岸飞起，飙忽的狂风吹压野草。

惊扰的牛奔回村里他们的棚中。

你没看见云块正弥漫在天空么？

你点了梳妆的灯也无用——它摇曳着，便被风吹熄了。

谁知道你的眼睑没有沾染了灯上的黑色？因为你的双眼比雨云还要黑。

你点了梳妆的灯也无用——它是熄灭了。

便是这样地走来罢；不要稽留在妆台边了。

如果花圈没有编织好，谁留意呢；如果腰带没有接扣上，也让它去罢。

天上是布满了云——时候不早了。

便是这样地走来罢；不要稽留于妆台边了。

12

如果你忙着,要汲满你的水瓶的水,请来,哦,到我的湖来。

湖水将拥抱着你的足,淙淙地讲它的秘密。

将来的雨的影子是在沙上,云低垂在树林的青痕上,如浓发覆于你的眉上。

我听熟了你的足步的声调,他们是打在我的心上。

来,哦,来到我的湖,如果你须汲满你的水瓶。

如果你倦了,无精打采地坐着,要让你的水瓶浮泛在水上,请来,到我的湖来。

草坡是绿的,野花无其数。

你的思想将飞出于你的黑暗,如鸟们之飞出于巢。

你的面网将落于你的足下。

来,哦,到我的湖来,如果你要懒洋洋地坐着。

如果你要离开了你的游戏而游泳于水中,请来,哦,到我的湖来。

让你的蓝衣放在湖岸;那绿水将抱遮了你,把你掩藏了。

湖波将立起足趾吻你的颈，且在你耳旁微语。

来，哦，来到我的湖，如果你要跳泳于水中。

如果你要发狂而自杀，请来，到我的湖来。

湖水清凉，而且是无底的深。

湖水是黑的，如一个无梦的睡眠一般。

在它的深处，夜与昼是一个，歌声是沉默着。

来，哦，到我的湖来，如果你要跳到你的死路。

13

我不要求什么，仅仅站在森林边一株树的后面。

晓光的眼上仍有些倦意，空中还有些露水。

湿草的缓懒的气味飘浮在地上的薄雾里。

在榕树底下，你正在用手榨取牛乳，你的手是温柔新洁如牛油一样。

我是静静地站着。

我没有说一句话。这是鸟隐在林中唱歌。

檬果树的花朵落在村路上，蜜蜂营营地一只一只飞来。

池旁的西华庙的大门开了，信徒已开始唱祷经了。

你把乳瓶放在膝上，正在榨取牛乳。

我执着我的空罐站着。

我并没有走近你。

天空跟了庙里的钟声而醒了。

路上的尘土从驾车的牛的蹄上飞扬起来。

妇人们从河边走来,捧在腰间的水瓶嘲嘲作响。

你的手镯叮当地响着,乳沫满到瓶口外了。

早晨渐渐地过去了,我并没有走近你。

14

我在路上散步,我不知为什么,当正午已过,竹林的枝叶在风中萧萧作响之时。

俯倾出的阴影,带着他们的伸张出去的手臂,依附着匆逝的光明。

柯依尔歌唱得倦了。我在路上散步,我不知为什么。

水边的草屋被一株挂于顶上的树荫蔽着。

有人在忙着做她的工,她的手镯在屋角如音乐似的响着。

我站在这所草屋前面,我不知为什么。

狭而弯曲的路,经过许多的菜田与许多的檬果树林。
这条路更经过村庙,经过立在河埠头的市场。
我停止在这所草屋之前,我不知为什么。

几年前微飔轻荡着的三月的一天,泉水吟唔得困倦了,檬果树的花朵落在尘土中。
涟涟的水跳跃着,冲打看立于埠头石阶上的铜盘。
我思念着微飔轻荡着的三月的这一天,我不知为什么。

黑影更深浓了,牛群回到他们的宿栏。
光线暗淡地照在静寂的草场,村人站在河岸上待渡。
我缓缓地归来,我不知为什么。

16

手贴附着手,眼稽延地看着眼;如此开始了我们的心的记录。

这是三月间月明之夜;希那花的香气飘泛在空中;我的笛放在地上不去理会它,你的花圈也还没有完工。

你与我间的这段爱是如一首歌一般的简朴。

你的橙黄色的面网使我的眼醉了。

你给戴上的茉莉花圈如赞语般的震颤我的心。

这是一种欲给又吝，欲现又隐的游戏；带些微笑，又带些小小的愚气，又带些温柔而无用的争竞。

你与我间这段爱是如一首歌般的简朴。

现在之外无神秘；不可能的也不强求；愉乐之后也无阴影；也不索摸于黑暗的深处。

你与我间的这段爱是如一首歌般的简朴。

我们不把所有的话插入沉默之中；我们不扬起我们的手向虚空中求希望之外的东西。

我们给的什么，我们得的什么，已是够了。

我们不压迫快乐至极度，免得榨出痛苦的酒来。

你与我间的这段爱，是如一首歌般的简朴。

17

黄鸟在他们树上歌着，使我的心快乐地跳舞着。

我们俩住在一个村里，这是我们的快乐之一。

她的一对小羊，跑到我们的花园的林荫下面来吃草。

如果他们跑进了我们的麦田里，我便把他们抱起在我的臂里。

我们的村的名字是甘酗那，我们的河流的名字是安酗那。

我的名字全村的人都知道，她的名字是兰琪娜。

我们中间只隔了一片田地。巢于我们树林里的蜜蜂，到他们的树林里去寻蜜。

花朵从他们的水埠的阶上落下的，当我们沐浴时，顺着川流漂泛而来。

一篮一篮的干的柯辛花从他们的田里采来的，带到我们的市场里去卖。

我们的村的名字是甘酌那，我们的河流的名字是安酌那。

我的名字全村的人都知道，她的名字是兰琪娜。

曲道通到他们家里的，春天的时候，飘散着橡果花的芳香。

当他们的胡麻成熟时，我们田里的苎麻正在开花。

明星向着他们的村舍微笑的，对我们送下同样的闪灿的容色。

雨水泛溢在他们的水槽里的，使我们的迦檀树快乐。

我们的村的名字是甘酌那，我们的河流的名字是安酌那。

我的名字全村的人都知道，她的名字是兰琪娜。

18

当那两姊妹去汲水的时候，他们走到这个地方，她们便微笑着。

她们必定已觉得有人站在树后，每当她们出去汲水的时候。

当那两姊妹经过这个地方时，她们俩便互相微语着。

她们必定已猜出那个每当她们出去汲水便站在那树后的人的秘密。

当她们走到这个地方时，她们的水罐突然欹侧了，水溢了些出来。

她们必定已找出那个每当她们出去汲水便站在树后的人的心房在跳动。

当那两姊妹走到这个地方，她们互相看着，脸上微笑着。

在她们急速的退步中，有一种笑声，使那个每当她们出去汲水便站在树后的人心里纷乱着。

19

你走过河沿的小路，腰间捧着满满的一罐水。

为什么你疾转你的脸而从你的飘拂的面网里窥望着我呢？

那样耀亮的眼光从黑暗里送到我的身上，正如一阵微飔送了一个波动，经涟漪的水面而冲扫到林荫的河岸旁来。

那样的一个眼光送到我那里来，正如傍晚的鸟急急地飞过无灯的房间，从一个开着的窗口，飞出另一个窗口，在黑夜里不见了。

你是隐藏着如那隐于山后的一颗明星，我是一个走过路上的行人。

但你为什么停步了一下，从你的面网里凝看着我的脸，当你走过河沿的小路，腰间捧着满满的一罐水之时？

28

你的双眼忧郁而疑问着。他们想要知道我的心意，如明月之欲探测碧海。

我把我的生命完完全全地赤裸裸地放在你的眼前，什么事也不曾隐藏着。那便是你不明白我的原因。

如果它仅仅是一粒宝石，我便能把它碎作百片，穿成一串链子挂在你的颈上了。

如果它仅仅是一朵圆而清香的小花,我也能把它从枝头撷下,戴在你的发上了。

但它却是一颗心呀,我的爱。哪里是它的岸,它的底呢?

你不知道这个王国的疆界,但你却是她的女皇。

如果它能有一刻快乐的时间,它便要在和易的微笑里开了花,而你也能看见它,且即能读出它来了。

如果它仅仅是一个痛苦,它也能融在几滴清泪里,沉默地反映出它的内在的秘密了。

但它却是爱情呀,我的爱。

它的快乐与痛苦是无边的,他的需要与资产是无穷的。

它如你的生命之近于你,但你却永不能全然明白它。

34

我的爱,没有向我告别,请不要走。

我已经守了一个通夜,现在我的双眼是沉沉欲睡了。

我怕当我睡时便要不见了你。

我的爱,没有向我告别,请不要走。

我跳起来伸手触着你。我自问道："是一个梦么？"

我只能用我的心把你的足绊着，紧紧地抱在我的胸前！

我的爱，没有向我告别，请不要走。

35

你恐怕我太容易知道你，所以便同我游戏着。

你以笑语的光耀盲我的眼睛，而把你的眼泪藏去了。

我知道，我知道你的伎俩，

你是永不肯说你所要说的话的。

你恐怕我不称赞你；你便以千种的方法逃避我。

你恐怕我把你混在群众里了，所以便站立在一旁。

我知道，我知道你的伎俩，

你是永不走你所要走的路的。

你的要求是比别人大的，那就是你沉默不言的缘故。

你游戏地不注意地把我的赠品退出。

我知道我知道你的伎俩，

你是永不取你所要取的东西的。

38

　　我的爱,有一个时候你的诗人会在他心里创作一篇大史诗。

　　唉,我不小心,它撞响了你的叮叮的脚镯,遂生了忧愁。

　　它碎成了一条条的歌,散躺在你的足下。

　　所有我以前的战争的故事之重载是为笑波所飘荡,为泪水所浸湿而沉下了。

　　你必须使这个损失有益于我,我的爱。

　　如果我身后不朽之名的要求已碎失了,那么使我在生前不朽吧。而我将不再悲我的损失,也不会责备你了。

40

　　当我向你告别时,你眼上闪着不信的微笑。
　　我常常向你告别,竟使你以为我不久即可归来。
　　告诉你真话吧,我在心上也有同样的疑惑。
　　因为春天一年一年地回来,明月一度一度地重圆,花朵一岁一岁地再开在枝上,于是似乎我的告别,也只是为了要重来。

但把幻想留住一会儿吧;不要残酷地匆匆地把它送开去了。

当我说,我要永久离开你了,你且当它是真的,让泪的雾有一瞬儿使你的眼边变得深黑。

然后,当我再回来时,你且尽量地狡猾地笑着吧。

46

你弃了我,自己走去了。

我想我应该为你悲伤,把你的孤寂的影像放在我的心里,织在一首金的歌里。

但是,唉,我真不幸,时间是太短促了。

青春一年一年地消磨了;春天是逃走了;脆弱的花是无谓地凋谢了,聪明的人警告我说,人生不过是荷叶上的一滴露水。

难道我不管这一切,而只注视那以她的背向我的人么?

那是很鲁笨的,因为时间是短促的。

那么，来吧，我的夜雨，拖着滴沥的足来吧；微笑吧，我的金色的秋天；来吧，快活的四月，散播你的吻在四面吧。

你来，你，你也来。

我的爱，你知道我们都是凡人。为了把她的心拿走的人而碎心，这算是聪明么？因为时间是短促的。

那是很甜蜜的，坐在屋隅沉思着，在诗里写道，你就是我的全世界。

那是很勇敢的，把自己的忧思抱住，而决计不受安慰。

但是有一张新鲜的脸，向我门口窥着，它抬眼望着我的眼。

我不得不抹去了我的眼泪，改换了我的诗歌的调子。

因为时间是短促的。

采果集(选译)

2

　　我少年时候的生命如同一朵花一般——当春天的微风来求乞于她的门上时,一朵花从她的丰富里失去一两瓣花片也并不觉得损失。

　　现在少年的光阴过去了,我的生命如同一个果子,没有什么东西耗费了,只等着完完全全地带着她的充实甜美的负担,贡献她自己。

4

　　我醒过来,于晨光中找到她的信。

　　我不知道它里面说的是什么,因为我不会读它。

　　让那聪明人一个人读他的书吧,我不去惊扰他。因为谁知道他能不能读信中所说的话呢?

　　让我把它擎在我的前额,把它印在我的心里。

　　当夜天渐渐地静默了,群星一个一个出来的时候,我要把它展开,摆在我膝上,静悄悄地坐着。

　　沙沙的林叶要高声对我读它,潺潺的溪流要曼吟它,七颗聪明的星也要从天上对我歌唱它。

我不能找到我所要找的，我不能知道我所学的；但是，这封不能读的信却减轻了我的担负，使我的思想转而为歌。

15

你的话是简单的，我的主人，但却不是谈论你的那些人的话。我懂得你的群星的语言，懂得你的树林的静默。我知道我的心开放起来如一朵花；我知道我的生命自己充满着，如一条伏泉。

你的歌，如同从寂寞的雪地飞来的鸟一般，飞来在我的心里筑巢。在四月温热的时候，我满足地等待这个快乐季候的来临。

23

诗人的心于风与水的声音中间，在生命之波上浮游而且跳舞。

现在太阳西下了，黑暗的天空降落在海面，如垂下的睫毛落在倦眼上一样。这是他把笔搁下，在这沉默的永久秘密当中，使他的思想沉入深渊之底的时候了。

24

夜间黑漆漆的,你的微睡深沉在我身的安慰里。

醒吧,喂,爱情的痛苦,因我不知道怎么样去开那扇门,我只好站在门外。

时间等着,群星守着,风静止着,沉默很沉重地压在我心里。

醒吧,爱情,醒吧!倒满我的空杯,用歌的呼吸激扰夜间吧。

25

晨雀唱着歌。在晨光未露之前,在如毒龙之夜还把天空握在他的冷黑圈子里的时候,他什么时候有早晨的语言呢?

告诉我,晨雀呀,由天与树叶盖成的两重夜里,东方的使者他怎么会找到他的路来到你的梦中?

当你叫道"太阳正在走来,夜要过去了"时,世界是不会相信你的。

喂,睡着的人,醒醒吧!显露你的前额,等着光的第一次祝福,在快乐的忠实里,与晨雀一块儿唱歌吧。

爱者之贻与歧路（选译）

爱者之贻

4

　　她接近我的心，如草花之接近土地；她对于我之甜蜜，如睡眠之于疲倦的肢体。我对于她的爱情是我充溢的生命的流泛，如河水之秋涨，寂静地迅速流逝着。我的歌与我的爱情是一体，如溪流的潺湲，以他金色波涛的水流歌唱着。

5

　　如果我占有了天空和他所有的星星，占有了地球和他无穷的宝藏，我仍是要求增加的。但是，如果她成了我的，则我虽仅有这个世界上最小一隅，即已感到很满足了。

9

　　妇人，你的篮子很重，你的肢体也疲倦了。你要走多远的路？你所求的是什么呢？道路很长，太阳下的尘土太热了。

看，湖水深而且满，水色黑如乌鸦的眼睛。湖岸倾斜而衬着绿草。

把你的倦足伸到水里去。午潮的风，把他的手指穿过你的头发；鸽子咕咕地唱他的睡歌，树叶微语着那安眠于绿荫中的秘密。

时间逝了，太阳落了。有什么要紧？横过荒地的道路在朦胧中失去了，又有什么要紧？

13

昨夜我在花园里，献我的青春的白沫腾跳的酒给你。你举杯在唇边，开了两眼微笑着；而我掀起你的面纱，解开你的辫发，让你的沉默而甜柔的脸贴在我的胸前，明月的梦正泛溢在微睡的世界里。

今天在清露冷凝的黎明的静谧里，你走向大神的寺院去，沐过浴，穿着白色长袍，手里拿着满篮鲜花。我在这黎明的静谧里，在到寺院去的寂寞的路旁的树荫下面，头低垂着。

20

我的歌呀,你的市场在什么地方呢?夏天的微风里杂着学者鼻烟的气味;人们不休地辩论那"油依赖着桶或是桶依赖着油"的问题;黄色的稿子对于逝水似的无价值的人生蹙着眉峰;你的市场是在这些地方么?我的歌叫道:"唉,不是,不是。"

我的歌呀,你的市场在什么地方呢?幸福的人住在云石的宫殿里,十分骄傲,十分肥胖。他的书放在架上,皮装金字,且有奴仆为之拂去尘埃,他们的洁白的纸上写着的是奉献于冥冥之神的;你的市场是在这个地方么?我的歌喘着气答道:"不是,不是。"

我的歌呀,你的市场在什么地方呢?青年学生,坐在那里,头低到书上,他的心飘荡在青年的梦境里;散文在书桌上巡掠着,诗歌则深藏在心里。你的市场是在这个地方么?你愿意在那种尘埃满布的无秩序中捉迷藏么?我的歌迟疑不决地沉静着。

我的歌呀,你的市场在什么地方呢?新妇在家里忙碌着,当她一得闲暇,便跑到卧室里去,急急地从她枕下取出一本小说，这书被婴儿粗忽地玩弄着，而且充满着她的头发香。你的市场是在这个地方么？我的歌叹息一声震颤着，意思未定。

我的歌呀，你的市场在什么地方呢？禽鸟的歌声，宏纤毕闻；溪流的潺潺，也能清晰地听到，世界的一切琴弦将他们的音乐倾注在两个翱翔的心上。你的市场是在这个地方么？我的歌突然地叫道："是的，是的。"

23

我爱这沙岸。这里有寂静的池沼，鸭子在那里嘎嘎地叫着，龟伏在日光底下曝着；黄昏时，有些漂游的渔舟，藏在茂草中间。

你爱那有树的对岸。那里，阴影聚在竹丛的枝上；妇人们捧了水瓶，从弯曲的小巷里出来。

同是这一条河在我们中间流着。它对它两岸唱的是同样的歌。我在星光底下，一个人躺在沙上，静听着水声；你也在早晨的光明里，坐在斜坡的边上，静听着。然而，我从它那里听得的话你却不知道，而它向你说的密语，对于我也永远是一个秘密。

25

我握住你的双手,我的心跃入你眼的瞳孔里,寻求你这永远避我而逃出于言语之外者。

然而我知道我必须满足我的变动与易灭的爱情。因为我们有一回曾在街道中遇见。我有力量带你通过这个众多世界的群众,经过这个歧路百出的旅程么?我有食粮能供给你经过架着死亡之桥的黑暗的空罅么?

28

我梦见她坐在我头的旁边,手指温柔地撩动我的头发,奏着她的接触的和谐。我望着她的脸,晶莹的眼泪颤动着,直到不能说话的痛苦烧去我的睡眠,如一个水泡似的。

我坐了起来,看见窗外银河的光辉,如一个着火的沉默的世界。我不知道她在这个时候,有没有和我做着同韵律的梦。

29

  我想,当我们的眼光在篱间相遇时,我有些话要对她说。但她走过去了。而我对她说的话,却如一只小艇,日夜在时间的每一个波浪上冲摇着。它似乎在秋云上驶行着,在不住地探问着;又似乎变成黄昏的花朵盛开着,在落照中寻求它已失的时间。我对她说的话,又如萤火似的,在我心上闪熠着,于失望的尘中,寻觅它的意义。

30

  春花开放出来,如不言之爱的热烈的苦痛。我旧时歌声的回忆,随了他们的呼吸而俱来。我的心突然长出欲望的绿叶来。我的爱没有来,但她的抚触在我的肢体上,她的语声也横过芬芳的田野而到来。她的眼波在天空的忧愁的深处;但是她的眼睛在哪里呢?她的吻香弥漫在空气之中,但是她的樱唇在哪里呢?

36

　　我的镣铐，你在我心上奏着乐。我和你整日地游戏着，我把你当成我的装饰品。我们是最好的朋友，我的镣铐。有些时候我惧怕你，但我的惧怕使我爱你更甚。你是我漫漫黑夜的伴侣，在我和你说再会之前，我向你鞠躬。

38

　　我漂浮在上面的川流，当我少年时，它迅速而湍急地流着。春风微微地吹拂着，林花盛放如着火；鸟儿们不停息地歌唱着。

　　我眩晕地疾驰着，被热情的水流所带走。我没有时间去看，去感觉，去把全世界拿到我身边来。

　　现在，那个少年是消失了。我登到岸上来，我能够听见万物的深沉的乐音，天空也对我展开了它缀满繁星的心。

42

　　你不过是一幅图画而不是如那些明星一样的真实，如这个灰尘一样的真实么？它们都随着万物的脉息而搏动着，但你则完全固定着你的静止的画成的形象。

　　你以前曾和我一同走着，你的呼吸温暖，你的肢体吟唱着生命之歌。我的世界，在你的语声里找到它的话语，用你的容光来接触我的心。你突然地停步不前了，伫立在永久的荫旁，剩我一人向前走去。

　　生命如一个小孩，它笑着，一边跑着，一边喋喋地谈着死；它招呼我向前走去。我跟随着那不可见的脚步，但你立在那里，停在那些灰尘与明星之外。你不过是一幅图画。

　　不，那是不能够的。如果生命之流在你那里停止了，那么它便也要停止滚滚的河流，便也要停止具有色彩绚烂的足音的黎明的足迹了。如果你的头发的闪熠的微光在无望的黑暗中暝灭了，那么夏天的绿荫也将和她的梦境一同死去了。

　　我忘了你，这会是真的么？我们匆匆地、头也不回地走着。忘了路旁篱落上开着的花。在忘掉一切的情景中。它们的香气不知不觉进入我们的呼吸，还充满着乐音。你已离开了我的世界，而去坐在我的生命的根上，所以这便是遗忘——回忆迷失在它自己的深处。

你已不再在我的歌声之前了，但你现在与他们是一个。你偕了晨光的第一条光线前到我这里来。到了夕阳的最后的金光消失时，我才不见了你。就是这时以后，我也仍在黑暗中寻求你。不，你不仅仅是一幅图画。

44

当你死的时候。你对于我以外的一切，算是死了，你算是从世界的万物里消失不见了。但却完全地重生在我的忧愁里。我觉得我的生命完成了，男人与女人对于我永远成了一体。

45

携了美丽与秩序到我的艰苦的生命里来吧，妇人，当你生时，你曾携过他们到我的屋里。请扫除掉时间的尘屑，倒满了空的水瓶，备补了所有的疏忽。然后请打开神庙的内门,点燃明烛,让我们在我们的上神之前沉默地相遇着。

48

我每天走着那条旧路。我携果子到市集里去,我牵我的牛到草地上去,我划我的船渡过那条河水,所有这些路,我都十分熟悉。

有一天清晨,我的筐子里满装了东西。许多人在田野里忙着,牧场上停息着许多牛;地球的胸因喜米谷的成熟而扬起着。

大气中突然起了一阵颤动,天空似乎和我的前额接吻。我的心警醒起来,如清晨之跳出雾中。

我忘记了循原路走去。我离开原路走了几步,我看着我的熟悉的世界,而觉得奇异,好像一朵花,我以前所见的仅是它的蓓蕾。

我日常的智慧害了羞。我在这万物的仙国里飘游着。我那天清晨的失路,寻到我的永久的童年,可算是我生平最好的幸运。

50

"来,月亮,下来吻我爱的前额。"母亲这样说着,她把她的小女孩抱在膝上。那时,月亮如梦似的微笑着。夏天的微香在黑暗中偷偷地进来;夜鸟的歌声也从芒果林的阴影密蔽的寂静里送过来。在一个远处的村间,从一个农夫的笛里,吹来一阵悲哀音调的泉源。年轻的母亲坐在土阶上,孩子在她的膝上,她温柔地咿唔道:"来,月亮,下来吻我爱的前额。"她有时抬头看天上的光明,有时又低首看在她臂间的地上的光明。我诧异着月亮的恬静。

孩子笑着,学着她母亲的话,"来,月亮,下来"。母亲微笑着,明月照澈的夜也微笑着。我,作诗的人,这孩子的母亲的丈夫,隐在看不见的地方,凝视着这幅图画。

51

早秋的时节天上没有一片云。河水溢到岸沿来,冲刷着立在浅水边的倾侧的树的裸根。长而狭的路,如乡村的渴舌，没入河水中去。

我的心满盈盈的，我朝四周观望着，看着沉默的天空，流泛的河水，觉着快乐正在外面展延着，真朴如儿童脸上的微笑。

57

这个秋天是我的，因为她在我心头震撼着。她的闪耀的足铃在我的血管里丁零地响着，她的雾色的面纱，扰动着我的呼吸。我在所有我的梦中知道她的棕色头发的接触。她走出去，在颤抖的树叶上，那些树叶在我的生命的脉搏里跳舞；她的两眼从青的天空上微笑着，从我那里饮啜他们的光明。

歧 路

12

我的心呀，紧紧地握住你的忠诚，天要黎明了。

"允诺"的种子已经深深地埋在土里，不久便要发芽了。

睡眠如一颗蓓蕾，将要向光开放它的心，沉静也将找到它的声音。

你的担负要变成你的赠赐，你的痛苦也将烛照你的道路，这日子是近了。

16

你黎明时走到我的门口，唱着歌；我被你从睡梦中惊醒。我很生气，你便悄悄地走开了。

你正午时走进门来，向我要水喝；我正在做事，我很恼怒，你便遭到斥责地走出去了。

你黄昏时，带了熊熊的火炬走进来。我看你好像是一个恐怖者，我便把门关上了。

现在，在夜半的时候，我孤寂地坐在黑漆漆的房里，却要叫被我斥走的你回来了。

20

天色晦暝，雨淅沥地下着。

愤怒的电光从破碎的云幕里射下来。

森林如一只囚在笼中的狮子，失望地摇着鬃毛。

在这样的一天，在狂风呼呼地扑打他们的翼膀的中间，让我在你面前找到我的平安吧。

因为这忧郁的天空，已荫盖着我的孤独，使你与我的心的接触的意义更为深沉。

77

"旅客，你到什么地方去？"

"我沿着林荫的路，在红色的黎明中，到海里沐浴去。"

"旅客，那个海在什么地方？"

"它在这个河的尽处，在黎明开朗为清晨的地方，在白昼没落为黄昏的地方。"

"旅客,同你一块儿来的有多少人?"

"我不知道怎样去数他们。"

"他们提着点亮了的灯,终夜在旅行着;他们经过陆与水,终日在歌唱着。"

"旅客,那个海有多远?"

"它有多远,正是我们所要问的。

"它的波涛的澎湃,涨泛到天上,当我们静止不言之时,它永远地似乎在近,却又在远。"

"旅客,日光是灼炀的热。"

"是的,我们的旅路是长而艰难的。

"谁精神疲倦了便歌唱,谁心里懦怯了便歌唱。"

"旅客,如果黑夜包围了你们呢?"

"我们便将躺下去睡,直睡到新的清晨偕了它的歌声而照耀着,及海的呼唤在空中浮泛着时。"

郑振铎译泰戈尔诗拾遗

世纪末日

1

  这个世纪的最后的太阳,在西方的血红的云与嫉忌的旋风中落下去了。

  各个国家的自私的赤裸裸的热情,沉醉于贪望之中,跟了钢铁的相触声与复仇的咆哮的歌声而跳舞着。

2

  饥饿的国家,它自己会在自己的无耻的供养里暴烈地愤怒地烧灼起来。因为它已把世界当作它的食物而舐着嚼着,一口气吞了下去。

  它膨胀了,又膨胀了。

  甚至在它的非圣洁的宴会中,天上突然落下武器,贯穿了它的粗大的心胸。

3

  地平线上所现的红色的光,不是和平的曙光,我的祖国呀。

它是火葬的柴火的光,把那伟大的尸体——国家的自私的心——烧成了灰的,它已因自己的嗜欲过度而死去了。

你的清晨则正在东方的忍耐的黑暗之后等待着。乳白而且静寂。

4

留意着呀,印度。

带了你的信仰的祭礼给那个神圣的朝阳。让欢迎它的第一首领歌在你的口里唱出。

"来吧,和平。你上帝自己的大痛苦的女儿。

"带了你的惬意的宝藏,强毅的利剑,

"与你的冠于前额的温和而来吧。"

5

不要羞馁,我的兄弟们呀,披着朴素的白袍,站在骄傲与威权之前。

让你的冠冕是谦虚的,你的自由是灵魂的自由。

天天建筑上帝的座位在你的贫穷的广漠的赤地上,而且要知道庞巨的东西并不是伟大的,骄傲的东西并不是永久的。

花　环

　　我的花如乳、如蜜、如酒，我用一条金带把他们结成了一个花环。但他们逃避了我的注意，飞散开了，只有带子留着。

　　我的歌声如乳、如蜜、如酒，他们存在于我跳动的心的韵律里。但他们，这暇时的爱者，又展开翼膀，飞了开去，我的心在沉寂中跳动着。

　　我所爱的美人，如乳、如蜜、如酒，她的唇如早晨的玫瑰；她的眼如蜂一般的黑。我使我的心静静的，只怕惊动了她。但她却也如我的花、我的歌一样，逃避了我，只有我的爱情留着。

　　有许多次，春天在我们的房外敲着门，那时，我忙着做我的工，你也不曾搭理他。现在，只有我一个人在那里，心里病着，而春天又来了，但我不知道怎样才能叫他从门口回转身去。当他走来而欲以快乐的冠给我戴时，我们的门是闭着的，现在他来时所带的是忧愁的赠品，我却不能不开门让他走进来了。

无题

　　静听,我的心。他的笛声,就是野花的气息的音乐,闪亮的树叶、光耀的流水的音乐,影子回响着蜜蜂之翼的音乐。

　　笛声从我朋友的唇上,偷走了微笑,把这微笑蔓延在我的生命中。

"成长读书课"分级阅读书目

一年级上

林焕彰	《不睡觉的小雨点》
〔苏〕阿·托尔斯泰	《拔萝卜》

一年级下

冰心、金波等	《和大人一起读诗》
林颂英	《小壁虎借尾巴》

二年级上

严文井	《"歪脑袋"木头桩》
陈伯吹	《一只想飞的猫》
孙幼军	《小狗的小房子》
金近	《小鲤鱼跳龙门》
〔德〕埃·奥·卜劳恩	《父与子》
张秋生	《妈妈睡了》
知音动漫	《曹冲称象》
陈模	《少年英雄王二小》

二年级下

张天翼	《大林和小林》
洪汛涛	《神笔马良》
〔苏〕瓦·卡达耶夫等	《七色花》
〔印〕泰戈尔	《愿望的实现》
冰波	《大象的耳朵》
冰波	《蓝鲸的眼睛》
金波	《古古丢先生的遭遇》

三年级上

吴然	《抢春水 珍珠泉》
〔德〕格林兄弟	《格林童话》

〔丹麦〕安徒生　　　　　　《安徒生童话》
汤素兰　　　　　　　　　《开满蒲公英的地方》
张秋生　　　　　　　　　《小巴掌童话》
王一梅　　　　　　　　　《书本里的蚂蚁》
叶圣陶　　　　　　　　　《稻草人》
冰心　　　　　　　　　　《寄小读者》
〔日〕新美南吉　　　　　《去年的树》
〔俄〕米·普里什文　　　《金色的草地》
郭风　　　　　　　　　　《搭船的鸟》
辛勤　　　　　　　　　　《一块奶酪》

三年级下

〔法〕拉封丹　　　　　　《拉封丹寓言》
周锐　　　　　　　　　　《慢性子裁缝和急性子顾客》

四年级上

郑振铎　　　　　　　　　《希腊神话与英雄传说》
葛翠琳　　　　　　　　　《野葡萄·山林童话》
〔俄〕屠格涅夫　　　　　《麻雀》
叶至善　　　　　　　　　《一只窝囊的大老虎·失踪的哥哥》
杨云　　　　　　　　　　《中国神话传说》
方韬　　　　　　　　　　《山海经》

四年级下

张天翼　　　　　　　　　《宝葫芦的秘密》
贾兰坡　　　　　　　　　《爷爷的爷爷哪里来》
高士其　　　　　　　　　《高士其科普童话故事》
〔苏〕伊林　　　　　　　《十万个为什么》
李四光　　　　　　　　　《穿过地平线》
巴金　　　　　　　　　　《海上日出·鸟的天堂》
茅盾　　　　　　　　　　《天窗》

五年级上

〔法〕季诺夫人　　　　　《列那狐的故事》
郭沫若　　　　　　　　　《白鹭·天上的街市》

黄蓓佳	《亲亲我的妈妈》
黄蓓佳	《你是我的宝贝》
许地山	《落花生·空山灵雨》
梁启超	《少年中国说》
黄晖	《非洲民间故事》
叶圣陶	《牛郎织女》
李唯中	《一千零一夜》
杨云	《中国民间故事》

五年级下

赵丽宏	《童年的河》
萧红	《呼兰河传》

六年级上

王愿坚	《灯光·小游击队员》
李心田	《闪闪的红星》
管桦	《小英雄雨来》
老舍	《草原·北京的春节》
鲁迅	《呐喊》
范锡林	《竹节人》
〔意〕亚米契斯	《小抄写员·爱的教育》
〔苏〕高尔基	《童年》

六年级下

黄蓓佳	《今天我是升旗手》
黄蓓佳	《我要做好孩子》
〔英〕丹尼尔·笛福	《鲁滨逊漂流记》
〔瑞典〕塞尔玛·拉格洛夫	《尼尔斯骑鹅旅行记》
〔英〕刘易斯·卡罗尔	《爱丽丝漫游奇境》

七年级上

鲁迅	《朝花夕拾》
林海音	《城南旧事》
冰心	《繁星·春水》
〔美〕海伦·凯勒	《假如给我三天光明》

沈从文	《湘行散记 新湘行记》
孙犁	《白洋淀纪事》
〔俄〕屠格涅夫	《猎人笔记》

七年级下

〔奥地利〕茨威格	《人类群星闪耀时》
茅盾	《林家铺子·白杨礼赞》
老舍	《骆驼祥子·猫》
宗璞	《紫藤萝瀑布》
〔法〕儒勒·凡尔纳	《海底两万里》

八年级上

朱自清	《荷塘月色·背影》
〔法〕玛丽·居里	《居里夫人自传》
〔法〕亨利·法布尔	《昆虫记》
〔美〕蕾切尔·卡森	《寂静的春天》
李鸣生	《飞向太空港》

八年级下

〔法〕罗曼·罗兰	《名人传》
朱光潜	《给青年的十二封信》
鲁迅	《故乡：鲁迅小说杂文精选》
〔苏〕奥斯特洛夫斯基	《钢铁是怎样炼成的》
〔美〕奥尔多·利奥波德	《沙乡年鉴》
傅雷	《傅雷家书》
朱自清	《经典常谈》

九年级上

艾青	《艾青诗精选：黎明的通知》
徐志摩、海子等	《希望·一代人：现当代新诗选》
〔印〕泰戈尔	《泰戈尔诗选》
〔清〕蘅塘退士	《唐诗三百首》

九年级下

| 丁立梅 | 《小扇轻摇的时光 丁立梅纯美青春散文》 |
| 〔英〕乔纳森·斯威夫特 | 《格列佛游记》 |